郑振铎经典作品集

郑振铎 著

花山文艺出版社

河北·石家庄

图书在版编目（ＣＩＰ）数据

郑振铎经典作品集 / 郑振铎著. -- 石家庄：花山
文艺出版社，2018.4（2024.6 重印）
ISBN 978-7-5511-3878-9

Ⅰ．①郑… Ⅱ．①郑… Ⅲ．①中国文学－现代文学－
作品综合集 Ⅳ．①I216.2

中国版本图书馆CIP数据核字(2018)第048916号

书　　名：**郑振铎经典作品集**
ZHENG ZHENDUO JINGDIAN ZUOPIN JI

著　　者：郑振铎

策　　划：张采鑫
责任编辑：于怀新
特约编辑：李文生
装帧设计：北京九洲鼎图书有限公司
美术编辑：王爱芹
出版发行：花山文艺出版社（邮政编码：050061）
　　　　　（河北省石家庄市友谊北大街330号）
销售热线：0311-88643299/96/17
印　　刷：三河市中晟雅豪印务有限公司
经　　销：新华书店
开　　本：710mm×1000mm　1/16
印　　张：9.5
字　　数：105千字
版　　次：2018年6月第1版
　　　　　2024年6月第3次印刷
书　　号：ISBN 978-7-5511-3878-9
定　　价：49.80元

他是我在五四时期最早认识的人，他是给我介绍最多朋友的人，他是藏书最多的人，在我病中他是借给我书最多的人，他是让他的女儿叫我做"干娘"的人，他是我的朋友中死得最仓促的人，他是我和文藻（吴文藻）常常悼念的人，他是中国的爱国的文化人可永志不忘的人。

——冰心

有一件事我永远忘记不了，同他在一起，或者吵架或者谈过去的感情，他从不为自己。我看到敌伪时期他住过的小屋，为了"抢救"宝贵的图书，他宁愿过艰苦的生活，甚至拿生命冒险。看到他那些成就，即使像我这样一个外行，我也愿以公民的身份，向他表示感谢。他为我们民族保存了多少财富！

——巴金

振铎！你在五四以后这一整个时代的文学工作中的成就和作用，历史会有定评。从我们相识的三十多年以来，你总是手不释卷，笔不停挥地日夜工作着。……你的雄心是要用一切力量来为祖国创造更多的精神财富，任何艰难困苦都不能松懈你的干劲。在文学工作中，你是一个多面手，不论在诗歌、戏曲、散文、美术、考古、历史方面，不论在创作和翻译方面，不论是介绍世界文学名著或整理民族文化遗产方面，你都做出了平常一个人所很少能做到的那么多的贡献。

——胡愈之

序

　　中华人民共和国成立几十年来，语文教学实现了由"语文教学大纲"到"语文课程标准"再到"语文核心素养"的三级跳远。如果说"语文教学大纲"解决了森林的每棵树是什么的问题，那么，"语文课程标准"就解决了由树成林的整体观是什么样子的问题，而"语文核心素养"则解决了树如何成林、成林后有什么用处的大问题。

　　在"语文教学大纲"时代，传递一个一个的知识点是教学的重要任务，于是文章里的知识点在课堂上被一一讲解，学生虽掌握了知识点却难免"只见树木不见森林"。"语文课程标准"的颁布实施，让语文教学前进了一大步，真正把语文教学放在"课程"里整体思考，整体设计教学思路，将知识、能力、情感、态度、价值观融为一体统筹安排，但其终极目标还不够清晰。"语文核心素养"是在全面落实"立德树人"教育目标下提出来的，旨在通过语文自有的教育功能为当代合格青少年的成长过程提供必要的养料和条件。

　　什么是"语文核心素养"？北京师范大学资深教授王宁认为，语文核心素养是学生在积极主动的语言实践活动中构建起来，并在真实的语言运用情境中表现出来的个体语言经验和言语品质；是学生在语文学习中获得的语言知识与语言能力、思维方法和思维品质，是基于正确的情感、态度和价值观的审美情趣和文化感受能力的综合体现。简言之，语文核心素养包含四个关键词，即语言、思维、审美和文化。

　　我们为什么要阅读经典，如何阅读经典，它和语文核心素养的养成有什么关系？

我们可以站在阅读经典这个制高点上，去回首我们的过去的经历，评判我们的得失；也可以以更加开阔的视野瞭望世界，"极目楚天舒"。这说明"读什么"比"怎么读"更为重要。

中外经典繁多。中国古代文学是一座宝库，但阅读它们需要掌握一定的知识和能力，需要有适合的导读和引领。中国现代文学离我们不太遥远，其所处时代的特殊性给我们的阅读提供了多种可能性。因此，在几年前"经典阅读与中学语文教学"课题被中国教育学会中学语文教学专业委员会批准立项时，课题组就锁定中国现代文学经典作为研究对象。这些经典，不仅有20世纪二十至四十年代冲破铁屋子的呐喊、落后与苦难下的坚守、民族存亡的抗争，也有中华人民共和国成立的喜悦和人民投身火热建设中的豪情，作品中表现的家国情怀无不令人动容。通过阅读这些经典，学习作家们的语言运用技巧，以积累好词好句，提升自己的语言建构与运用能力；学习作家们批判与发现的精神，以促进自己的思维发展与提升；学会欣赏和评价作家们的作品，以培养自己的审美鉴赏与创造能力；学习作家们对中外文化的包容、借鉴、继承，以加强自己对文化的传承与理解。

最后借用我国著名作家王蒙先生的话与读者共勉：读书的亮点在于照亮生活，生活的亮点包括积累智慧与学问。生活与读书是互见、互证、互相照耀的关系。用脑阅读，用心阅读！用阅读攀登精神的高峰！

目录

海　燕

　　乌黑的一身羽毛，光滑漂亮，积伶积俐，加上一双剪刀似的尾巴，一对劲俊轻快的翅膀，凑成了那样可爱的活泼的一只小燕子。当春间二三月，轻飔微微地吹拂着，如毛的细雨无因的由天上洒落着，千条万条的柔柳，齐舒了它们的黄绿的眼，红的白的黄的花，绿的草，绿的树叶，皆如赶赴市集者似的奔聚而来，形成了烂漫无比的春天时，那些小燕子，那么伶俐可爱的小燕子，便也由南方飞来，加入了这个隽妙无比的春景的图画中，为春光平添了许多的生趣。小燕子带了它的双剪似的尾，在微风细雨中，或在阳光满地时，斜飞于旷亮无比的天空之上，叽的一声，已由这里稻田上，飞到了那边的高柳之下了。再几只却俊逸地在粼粼如縠纹的湖面横掠着，小燕子的剪尾或翼尖，偶沾了水面一下，那小圆晕便一圈一圈地荡漾了开去。那边还有飞倦了的几对，闲散地憩息于纤细的电线上，——嫩蓝的春天，几支木杆，几痕细线连于杆与杆间，线上是停着几个粗而有致的小黑点，那便是燕子，是多么有趣的一幅图画呀！还有一家家的快乐家庭，他们还特为我们的小燕子备了一个两个小巢，放在厅梁的最高处，假如这家有了一个匾额，那匾后便是小燕子最好的安巢之所。第一年，小燕子来往了，第二年，我们的小燕子，就是去年的一对，它们还要来住。

　　"燕子归来寻旧垒。"

　　还是去年的主，还是去年的宾，他们宾主间是如何的融融泄泄呀！偶然的有几家，小燕子却不来光顾，那便很使主人忧戚，他们邀召不到那么俊逸的嘉宾，每以为自己运命的蹇劣呢。

这便是我们故乡的小燕子，可爱的活泼的小燕子，曾使几多的孩子们欢呼着，注意着，沉醉着，曾使几多的农人们市民们忧戚着，或舒怀地指点着，且曾平添了几多的春色，几多的生趣于我们的春天的小燕子！

如今，离家是几千里！离国是几千里！托身于浮宅之上，奔驰于万顷海涛之间，不料却见着我们的小燕子。

这小燕子，便是我们故乡的那一对，两对吗？便是我们今春在故乡所见的那一对，两对吗？

见了它们，游子们能不引起了，至少是轻烟似的，一缕两缕的乡愁吗？

海水是皎洁无比的蔚蓝色，海波是平稳得如春晨的西湖一样，偶有微风，只吹起了绝细绝细的千万个翻翻的小皱纹，这更使照晒于初夏之太阳光之下的、金光灿烂的水面显得温秀可喜。我没有见过那么美的海！天上也是皎洁无比的蔚蓝色，只有几片薄纱似的轻云，平贴于空中，就如一个女郎，穿了绝美的蓝色夏衣，而颈间却围绕了一段绝细绝轻的白纱巾。我没有见过那么美的天空！我们倚在青色的船栏上，默默地望着这绝美的海天；我们一点儿杂念也没有，我们是被沉醉了，我们是被带入晶天中了。

就在这时，我们的小燕子，二只，三只，四只，在海上出现了。它们仍是俊逸地从容地在海面上斜掠着，如在小湖面上一样；海水被它的似剪的尾与翼尖一打，也仍是连漾了好几圈圆晕。小小的燕子，浩茫的大海，飞着飞着，不会觉得倦吗？不会遇着暴风疾雨吗？我们真替它们担心呢！

小燕子却从容地憩着了。它们展开了双翼，身子一落，落在海面上了，双翼如浮圈似的支持着体重，活是一只乌黑的小水禽，在随波上下地浮着，又安闲，又舒适。海是它们那么安好的家，我们真是想不到。

在故乡，我们还会想象得到我们的小燕子是这样的一个海上英雄吗？

海水仍是平贴无波，许多绝小绝小的海鱼，为我们的船所惊动，群向远处窜去；随了它们飞蹿着，水面起了一条条的长痕，正如我们当孩子时之用瓦片打水漂在水面所划起的长痕。这小鱼是我们小燕子的粮食吗？

小燕子在海面上斜掠着，浮憩着。它们果是我们故乡的小燕子吗？

啊，乡愁呀，如轻烟似的乡愁呀！

猫

　　我家养了好几次的猫，却总是失踪或死亡。三妹是最喜欢猫的，她常在课后回家时，逗着猫玩。有一次，从隔壁要了一只新生的猫来。花白的毛，很活泼，常如带着泥土的白雪球似的，在廊前太阳光里滚来滚去。三妹常常的，取了一条红带，或一根绳子，在它面前来回地拖摇着，它便扑过来抢，又扑过去抢。我坐在藤椅上看着他们，可以微笑着消耗过一两小时的光阴，那时太阳光暖暖地照着，心上感着生命的新鲜与快乐。后来这只猫不知怎的忽然消瘦了，也不肯吃东西，光泽的毛也污涩了，终日躺在厅上的椅下，不肯出来。三妹想着种种方法逗它，它都不理会。我们都很替它忧郁。三妹特地买了一个很小很小的铜铃，用红绫带穿了，挂在它颈下，但只显得不相称，它只是毫无生意地，懒惰地，郁闷地躺着。有一天中午，我从编译所回来，三妹很难过地说道："哥哥，小猫死了！"

　　我心里也感着一缕的酸辛，可怜这两月来相伴的小侣！当时只得安慰着三妹道："不要紧，我再向别处要一只来给你。"

　　隔了几天，二妹从虹口舅舅家里回来，她道，舅舅那里有三四只小猫，很有趣，正要送给人家。三妹便怂恿着她去拿一只来。礼拜天，母亲回来了，却带了一只浑身黄色的小猫同来。立刻三妹一部分的注意，又被这只黄色小猫吸引去了。这只小猫较第一只更有趣、更活泼。它在园中乱跑，又会爬树，有时蝴蝶安详地飞过时，它也会扑过去捉。它似乎太活泼了，一点儿也不怕生人，有时由树上跃到墙上，又跑到街上，在那里晒太阳。我们都很为它提心吊胆，一天都要"小猫呢？小猫呢？"地查问得好几次。每次总要寻找了一回，方才寻到。三妹常指它笑着骂道："你这小猫呀，要被乞丐捉去后才不会乱跑呢！"我回家吃中饭，总看见它坐在铁门外边，一见我进门，便飞也似的跑进去了。饭后的娱乐，是看它在爬树。隐身在阳光隐约里的绿叶中，好像在等待着要捉捕什么似的。把它捉了下来。又极快地爬上去了。过了两三个月，它会捉鼠了。有一次，居然捉到一只很肥大的鼠，自此，夜间便不再听见讨厌的吱吱的声了。

某一日清晨，我起床来，披了衣下楼，没有看见小猫，在小园里找了一遍，也不见。心里便有些亡失的预警。

"三妹，小猫呢？"

她慌忙地跑下楼来，答道："我刚才也寻了一遍，没有看见。"

家里的人都忙乱地在寻找，但终于不见。

李妈道；"我一早起来开门，还见它在厅上。烧饭时，才不见了它。"

大家都不高兴，好像亡失了一个亲爱的同伴，连向来不大喜欢它的张妈也说；"可惜，可惜，这样好的一只小猫。"我心里还有一线希望，以为它偶然跑到远处去，也许会认得归途的。

午饭时，张妈诉说道："刚才遇到隔壁周家的丫头，她说，早上看见我家的小猫在门外，被一个过路的人捉去了。"

于是这个亡失证实了。三妹很不高兴的，咕噜着道："他们看见了，为什么不出来阻止？他们明晓得它是我家的！"

我也怅然的，愤恨的，在诅骂着那个不知名的夺去我们所爱的东西的人。

自此，我家好久不养猫。

冬天的早晨，门口蜷伏着一只很可怜的小猫。毛色是花白的，但并不好看，又很瘦。它伏着不去。我们如不取来留养，至少也要为冬寒与饥饿所杀。张妈把它拾了进来，每天给它饭吃。但大家都不大喜欢它，它不活泼，也不像别的小猫之喜欢顽游，好像是具着天生的忧郁性似的，连三妹那样爱猫的，对于它，也不加注意。如此的，过了几个月，它在我家仍是一只若有若无的动物。它渐渐的肥胖了，但仍不活泼。大家在廊前晒太阳闲谈着时，它也常来蜷伏在母亲或三妹的足下。三妹有时也逗着它玩，但并没有对于前几只小猫那样感兴趣。有一天，它因夜里冷，钻到火炉底下去，毛被烧脱好几块，更觉得难看了。

春天来了，它成了一只壮猫了，却仍不改它的忧郁性，也不去捉鼠，终日懒惰的伏着，吃得胖胖的。

这时，妻买了一对黄色的芙蓉鸟来，挂在廊前，叫得很好听。妻常常叮嘱着张妈换水，加鸟粮，洗刷笼子。那只花白猫对于这一对黄鸟，似乎也特别注意，常常跳在桌上，对鸟笼凝望着。

妻道："张妈，留心猫，它会吃鸟呢。"

张妈便跑来把猫捉了去。隔一会儿，它又跳上桌子对鸟笼凝望着了。

一天，我下楼时，听见张妈在叫道："鸟死了一只，一条腿没有了，笼板上都是血。是什么东西把它咬死的？"

我匆匆跑下去看，果然一只鸟是死了，羽毛松散着，好像它曾与它的敌人挣扎了许久。

我很愤怒，叫道："一定是猫，一定是猫！"于是立刻便去找它。

妻听见了，也匆匆地跑下来，看了死鸟，很难过，便道："不是这猫咬死的还有谁？它常常对鸟笼望着，我早就叫张妈要小心了。张妈！你为什么不小心？！"

张妈默默无言，不能有什么话来辩护。

于是猫的罪状证实了。大家都去找这可厌的猫，想给它以一顿惩戒。找了半天，却没找到。真是"畏罪潜逃"了，我以为。

三妹在楼上叫道："猫在这里了。"

它躺在露台板上晒太阳，态度很安详，嘴里好像还在吃着什么。我想，它一定是在吃着这可怜的鸟的腿了，一时怒气冲天，拿起楼门旁倚着的一根木棒，追过去打了一下。它很悲楚地叫了一声"咪呜！"便逃到屋瓦上了。

我心里还愤愤的，以为惩戒得还没有快意。

隔了几天，李妈在楼下叫道："猫，猫！又来吃鸟了。"同时我看见一只黑猫飞快地逃过露台，嘴里衔着一只黄鸟。我开始觉得我是错了！

我心里十分的难过，真的，我的良心受伤了，我没有判断明白，便妄下断语，冤苦了一只不能说话辩诉的动物。想到它的无抵抗的逃避，益使我感到我的暴怒，我的虐待，都是针，刺我的良心的针！

我很想补救我的过失，但它是不能说话的，我将怎样的对它表白我的误解呢？

两个月后，我们的猫忽然死在邻家的屋脊上。我对于它的亡失，比以前的两只猫的亡失，更难过得多。

我永无改正我的过失的机会了！

自此，我家永不养猫。

鹈鹕与鱼

夕阳的柔红光，照在周围十余里的一个湖泽上，没有什么风，湖面上绿油油得像一面镜似的平滑。一望无垠的稻田。垂柳松杉，到处点缀着安静的景物。有几只渔舟，在湖上淀泊着。渔人安闲地坐在舵尾，悠然地在吸着板烟。船头上站立着一排士兵似的鹈鹕，灰黑色的，喉下有一大囊鼓突出来。渔人不知怎样的发了一个命令，这些水鸟们便都扑扑的钻没入水面以下去了。

湖面被冲荡成一圈圈的粼粼小波。夕阳光跟随着这些小波浪在跳跃。

鹈鹕们陆续地钻出水来，上了船。渔人忙着把鹈鹕们喉囊里吞装着的鱼，一只只地用手捏压出来。

鹈鹕们睁着眼睛望着。

平野上炊烟四起，袅袅的升上晚天。

渔人拣着苦干尾小鱼，逐一的抛给鹈鹕们吃，一口便咽了下去。

提起了桨，渔人划着小舟归去。湖面上刺着一条水痕。鹈鹕们士兵似的齐整地站立在船头。

天色逐渐暗了下去。湖面上又平静如恒。

这是一幅很静美的画面，富于诗意；诗人和画家都要想捉住的题材。

但隐藏在这静美的画面之下的，却是一个残酷可怖的争斗，生与死的争斗。

在湖水里生活着的大鱼小鱼们看来，渔人和鹈鹕们都是敌人，都是蹂躏它们、致它们于死的敌人。

但在鹈鹕们看来，究竟有什么感想呢？

鹈鹕们为渔人所喂养，发挥着它们捕捉鱼儿的天性，为渔人干着这种可怖的杀鱼的事业。它们自己所得的却是那么微小的酬报！

当它们兴高采烈的钻没入水面以下时，他们只知道捕捉、吞食，越多越好。它们曾经想到过：钻出水面，上了船头时，它们所捕捉、所吞食的鱼儿们依然要给渔人所逐一捏压出来，自己丝毫不能享用的吗？

它们要是想到过，只是作为渔人的捕鱼的工具，而自己不能享用时，恐怕它们便不会那么兴高采烈地再捕捉再吞食吧。

渔人却悠然地坐在船艄，安闲地抽着板烟，等待着鹈鹕们为他捕捉鱼儿。一切的摆布，结果，都是他事前所预计着的。难道是"运命"在拨弄着的吗，渔人总是在"收着渔人之利"的；鹈鹕们天生的要为渔人而捕捉、吞食鱼儿；鱼儿们呢，仿佛只有被捕捉、被吞食的份儿，不管享用的是鹈鹕们或是渔人。

在人间，在沦陷区里，也正演奏着鹈鹕们的"为他人作嫁衣裳"的把戏。

当上海在暮影笼罩下，蝙蝠们开始在乱飞，狐兔们渐渐地由洞穴里爬了出来时，敌人的特工人员（后来是"七十六号"里的东西），便像夏天的臭虫似的，从板缝里钻出来找"血"喝。

他们先拣肥的、有油的、多血的人来吮、来咬、来吃。手法很简单：捉了去，先是敲打一顿，乱踢一顿，——掌颊更是极平常的事——或者吊打一顿，然后对方的家属托人出来说情。破费了若干千万，喂得他们满意了，然后才有被释放的可能。其间也有清寒的志士们只好挺身牺牲。但不花钱的人恐怕很少。

　　某君为了私事从香港到上海来，被他们捕捉住，作为重庆的间谍看待。囚禁了好久才放了出来。他对我说：先要用皮鞭抽打，那尖长的鞭梢，内里藏的是钢丝，抽一下，便深陷在肉里；抽了开去时，留下的是一条鲜血痕。稍不小心，便得受一掌、一拳、一脚。说时，他拉开裤脚管给我看，大腿上一大块伤痕，那是敌人用皮靴狠踢的结果。他不说明如何得释，但恐怕不会是很容易的。

　　那些敌人的爪牙们，把志士们乃至无数无辜的老百姓们捕捉着、吞食着。且偷、且骗、且抢、且夺的，把他们的血吮着、吸着、喝着。

　　爪牙们被喂得饱饱的，肥头肥脑的，享受着有生以来未曾享受过的"好福好禄"。所有出没于灯红酒绿的场所，坐着汽车疾驰过街的，大都是这些东西。

　　有一个坏蛋中的最坏的东西，名为吴世宝的，出身于保镖或汽车夫之流，从不名一钱的一个街头无赖，不到几时，洋房子有了，而且不只一所；汽车有了，而且也不只一辆；美妾也有了，而且也不只一位。有一个传说，说他的洗澡盆是用银子打成的，金子熔铸的食具以及其他用具，不知有多少。

　　他享受着较桀纣还要舒适奢靡的生活。

　　金子和其他的财货一天天的多了，更多了，堆积得恐怕连他自己也不知其数。都是从无辜无告的人那里榨取偷夺而来的。

　　怨毒之气一天天的深；有无数的流言怪语在传播着。

　　群众侧目而视，重足而立；吴世宝这三个字，成为最恐怖的"毒物"的代名词。

　　他的主人（敌人），觉察到民怨沸腾到无可压制的时候，便一举手的把他逮捕了，送到监狱里去。他的财产一件件的被吐了出来。——不知到底吐出了多少。等到敌人，他的主人觉得满意了，而且说情人也渐渐多了，才把他释放出来。但在临释的时候，却唆使猁狗咬断了他的咽喉。他被护送到苏州养伤，在受尽了痛苦之后，方才死去。

这是一个最可怖的鹈鹕的下场。

敌人博得了"惩"恶的好名，平息了一部分无知的民众的怨毒的怒火，同时却获得了吴世宝积恶所得的无数掳获物，不必自己去搜括。

这样的效法喂养鹈鹕的渔人的办法，最为恶毒不过。安享着无数的资产，自己却不必动一手，举一足。

鹈鹕们一个个的上场，一个个的下台。一时意气昂昂，一时却又垂头丧气。

然而没有一个狐兔或臭虫视此为前车之鉴的。他们依然的在搜括、在捕捉、在吞食，不是为了他们自己，却是为了他们的主人。

他们和鹈鹕们同样的没有头脑，没有灵魂，没有思想。他们一个个走上了同样的没落的路，陷落在同一的悲惨的命运里。然而一个个却都踊跃地向坟墓走去，不徘徊，不停步，也不回头。

蝴蝶的文学

一

　　春送了绿衣给田野，给树林，给花园，甚至于小小的墙隅屋角。小小的庭前阶下，也点缀着新绿。就是油碧色的湖水，被春风潋潋的吹动，山间的溪流也开始淙淙汩汩的流动了；于是黄的、白的、红的、紫的、蓝的以及不能名色的花开了，于是黄的、白的、红的、黑的以及不能名色的蝴蝶们，从蛹中苏醒了，舒展着美的耀人的双翼，栩栩在花间，在园中飞了；便是小小的墙隅屋角，小小的庭前阶下，只要有新绿的花木在着的，只要有什么花舒放着的，蝴蝶们也都栩栩地来临了。

　　蝴蝶来了，偕来的是花的春天。

　　当我们在和暖宜人的阳光底下，走到一望无际的开放着金黄色的花的菜田间，或杂生着不可数的无名的野花的草地上时，大的小的蝴蝶们总在那里飞翔着。一刻飞向这朵花，一刻飞向那朵花，便是停下了，双翼也还在不息不住地扇动着。一群儿童嬉笑着追逐在它们之后，见它们停下了，悄悄地便蹑足走近，等到他们走近时，蝴蝶却又态度闲暇的舒翼飞开了。

　　　呵，蝴蝶！　它便被追，也并不现出匆急的神气。

　　　　　　　　　　　　　　　　——日本的俳句，我乐作

在这个时候，我们似乎感得全个宇宙都耀着微笑，都泛溢着快乐，每个生命都在生长，在向前或向上发展。

二

在东方，蝴蝶是我们最喜欢的东西之一，画家很高兴画蝶。甚至于在我们古式的帐眉上，常常是绘饰着很工细的百蝶图，——我家以前便有两幅帐眉是这样的。在文学里，蝴蝶也是他们所很喜欢取用的题材之一。歌咏蝴蝶的诗歌或赋，陆续地产生了不少。梁时刘孝绰有《咏素蝶》一诗：

随蜂绕绿蕙，避雀隐青薇。

映日忽争起，因风乍共归。

出没花中见，参差叶际飞。

芳华幸勿谢，嘉树欲相依。

同时如简文帝（萧纲）诸人也作有同题的诗。于是明时有一个钱文荐的作了一篇《蝶赋》，便托占梁简文与刘孝绰同游后园，"见从风蝴蝶，双飞花上"，孝绰就作此赋以献简文。此后，李商隐、郑谷、苏轼诸诗人并有咏蝶之作，而谢逸一人作了蝶诗三百首，最为著名，人称之为"谢蝴蝶"。

叶叶复翻翻，斜桥对侧门。

芦花唯有白，柳絮可能温？

西子寻遗殿，昭君觅故村。

年年方物尽，来别败兰荪。

————李商隐作

寻艳复寻香，似闲还似忙。

暖烟深蕙径，微雨宿花房。

书幌轻随梦，歌楼误采妆。

王孙深属意，绣入舞衣裳，

————郑谷作

双肩卷铁丝，两翅晕金碧。

初来花争妍，忽去鬼无迹。

————苏轼作

何处轻黄双小蝶，翩翩与我共徘徊。

绿荫芳草佳风月，不是花时也解来。

————陆游作

桃红李白一番新，对舞花前亦可人。

才过东来又西去，片时游遍满园春。

江南口暖午风细，频逐卖花人过桥。

————谢逸作

　　像这一类的诗，如要集在一起，至少可以成一大册呢。然而好的实在是没有多少。

　　在日本的俳里，蝴蝶也成了他们所喜咏的东西，小泉八云曾著有《蝴蝶》一文，中举咏蝶的日本俳句不少，现在转译十余首于下。

就在睡中吧，它还是梦着在游戏——呵，草的蝴蝶。

——护物作

醒来！ 醒来！——我要与你做朋友， 你睡着的蝴蝶。

——芭蕉作

呀，那只笼鸟眼里的忧郁的表示呀；—— 它妒羡着蝴蝶！

——作者不明

当我看见落花又回到枝上时，—— 呵！它不过是一只蝴蝶！

——守武作

蝴蝶怎样的与落花争轻呵！

——春海作

看那只蝴蝶飞在那个女人的身旁——在她前后飞翔着。

——素园作

哈！蝴蝶！—— 它跟随在偷花者之后呢！

——丁涛作

可怜的秋蝶呀！它现在没有一个朋友，却只跟在人的后边呀！

——可都里作

至于蝴蝶们呢， 他们都只有十七八岁的姿态。

——三津人作

蝴蝶那样的游戏着，——一若在这个世界上没有一个敌人似的！

——作者未明

呀，蝴蝶！—— 它游戏着， 似乎在现在的生活里，没有一点别的希求。

——茶作

在红花上的是一只白的蝴蝶，我不知是谁的魂。

——子规作

我若能常有追捉蝴蝶的心肠呀！

——杉长作

三

我们一讲起蝴蝶，第一便会联想到关于庄周的一段故事。《庄子·齐物论》道："昔者庄周梦为胡蝶，栩栩然胡蝶也，自喻适志与？不知周也。俄然觉，则蘧蘧然周也。不知周之梦为胡蝶与？胡蝶之梦为周与？周与胡蝶，则必有分矣。此之为物化。"这一段简短的话又合上了"庄子妻死，惠子吊之。庄子方箕踞，鼓盆而歌"（《至乐篇》）的一段话，后来便演变成了一个故事。这故事的大略是如此：庄周为李耳的弟子，尝昼寝梦为蝴蝶，"栩栩然于园林花草之间，其意甚适。醒来时，尚觉臂膊如两翅飞动，心甚异之。以后不时有此梦。"他便将此梦诉之于师。李耳对他指出凤世因缘。原来那庄生是混沌初分时一个白蝴蝶，因偷采蟠桃花蕊，为王母位下守花的青鸾啄死。其神不散，托生于世做了庄周。他被师点破前生，便把世情看作行云流水，一丝不挂。他娶妻田氏，二人共隐于南华山。一日，庄周出游山下，见一新坟封土未干，一少妇坐于冢旁，用扇向冢连扇不已，便问其故。少妇说，她丈夫与她相爱，死时遗言，如欲再嫁，须待坟土干了方可。因此举扇扇之。庄子便向她要过扇来，替她一扇，坟土立刻干了。少妇起身致谢，以扇酬他而去。庄子回来，慨叹不已。田氏闻知其事，大骂那少妇不已。庄子道："生前个个说恩深，死后人人欲扇坟。"田氏大怒，向他立誓说，如他死了，她决不再嫁。不多几日，庄子得病而死。死后七日，有楚王孙来寻庄子，知他死了，便住于庄子家中，替他守丧百日。田氏见他生得美貌，对他很有情意。后来，二人竟恋爱了，结婚了。结婚时，王孙突然的心疼欲绝。王孙之仆说，欲得人的脑髓吞之才会好。田氏便去拿斧劈棺，欲取庄子之脑髓。不料棺盖劈裂时，庄子却叹了一口气从棺内坐起。田氏吓得心头乱跳，不得已将庄子从棺内扶出。这时，寻王孙时，他主仆二人早已不见了。庄子说她道："甫得盖棺遭斧劈，如何等待扇干坟！"又用手向外指道："我教你看两个人。"田氏回头一看，只见楚王孙及其仆踱了进来。她吃了一惊，转身时，不见了庄生，再回头时，连王孙主仆也不见了。"原来此皆庄生分身隐形之法。"田氏自觉羞辱不堪，便悬梁自缢而死。庄子将她尸身放入劈破棺木时，敲着瓦盆，依棺而歌。

这个故事，久已成了我们的民间传说之一。最初将庄子的两段话演为故事的在什么时代，我们已不能知道，然在宋金院本中，已有《庄周梦》的名目（见《辍耕录》）。其后元明人的杂剧中，更有几种关于这个故事的：鼓盆歌庄子叹骷髅，一本（李寿聊作）；老庄周一枕蝴蝶梦，一本（史九敬先作）；庄周半世蝴蝶梦，一本（明无名氏作）。

这些剧本现在都已散佚，所可见到的只有《今古奇观》第二十回《庄子休鼓盆成大道》一篇东西。然诸院本杂剧所叙的故事，似可信其与《今古奇观》中所叙者无大区别。可知此故事的起源，必在南宋的时候，或更在其前。

四

　　韩凭妻的故事较庄周妻的故事更为严肃而悲惨。宋大夫韩凭，娶了一个妻子，生得十分美貌。宋康王强将凭妻夺来。凭悲愤自杀。凭妻悄悄把她的衣服弄腐烂了。康王同她登高台远眺，她投身于台下而死。侍臣们急握其衣，却着手化为蝴蝶（见《搜神记》）。

　　由这个故事更演变出一个略相类的故事。《罗浮旧志》说："罗浮山有蝴蝶洞在云峰岩下，古木丛生，四时出彩蝶，世传葛仙遗衣所化。"

　　我少时住在永嘉，每见彩色斑斓的大凤蝶，双双地飞过墙头时，同伴的儿童们都指着他们而唱道："飞，飞！梁山伯，祝英台！"《山堂肆考》说："俗传大蝶出必成双，乃梁山伯、祝英台之魂，又韩凭夫妇之魂，皆不可晓。"梁祝的故事，与韩凭夫妻事是绝不相类的，是关于蝴蝶的最凄惨而又带有诗趣的一个恋爱的故事。这个故事的来源不可考，至现在则已成了最流传的民间传说。也许有人以为它是由韩凭夫妻的故事蜕化而出，然据我猜想，这个故事似与韩凭夫妻的故事没有什么关系。大约是也许有的地方流传着韩凭夫妻的故事，便以那飞的双凤蝶为韩凭夫妻。有的地方流传着梁山伯祝英台的故事，便以那双飞的凤蝶为梁山伯祝英台。

　　梁山伯是梁员外的独生子，他父亲早死了。十八岁时，别了母亲到杭州去读书。在路上遇见祝英台；祝英台是一个女子，假装为男子，也要到杭州去读书。二人结拜为兄弟，同到杭州一家书塾里攻学。同居了三年，山伯始终没有看出祝英台是女子。后来，英台告辞先生回家去了，临别时，悄悄地对师母说，她原是一个女子，并将她恋着山伯的情怀诉述出。山伯送英台走了一程；她屡以言挑探山伯，欲表明自己是女子，而山伯俱不悟。于是，她说道，她家中有一个妹妹，面貌与她一样，性情也与她一样，尚未订婚，叫他去求亲。二人就此相别。英台到了家中，时时恋念着山伯，怪他为什么好久不来求婚。后来，有一个马翰林来替他的儿子文才向英台父母求婚，他们竟答应了他。英台得知这个消息，心中郁郁不乐。这时，山伯在杭州也时时恋念着英台，——是朋友的恋念。一天，师母见他忧郁不想读书的神情，知他是在想念着英台，便告诉他英台临别时所说的话，并述及英台之恋爱他。山伯大喜欲狂，立刻束装辞师，到英台住的地方来。不幸他来得太晚了，太晚了！英台已许与马家了！二人相见述及此事，俱十分的悲郁，山伯一回家便生了病，病中还一心恋念着英台。他母亲不得已，只得差人请英台来安慰他。英台来了，他的病觉得略好些。后来，英台回家了，他的病竟日益沉重而至于死。英台闻知他的死耗，心中悲抑如不欲生。然她的喜期也到了。她要求须先将喜桥抬至山伯墓上，然后至马家，他们只得允许了她这个要求。她到了坟上，哭得十分伤心，欲把头撞死在坟石上，亏得丫鬟把她扯住了。然山伯的魂灵终于被她感动了，坟盖突然的裂开了。英台一见，急忙钻入坟中。他们来扯时，坟石又已合缝，只见她的裙儿飘在外面而不见人。后来他们去掘坟。坟掘开了，不唯山伯的尸体不见，便连英台的尸体也没有了，只见两个大凤蝶由坟的破处飞到外面，飞上天去。他们知道二人是化蝶飞去了。

这个故事感动了不少民间的少年男女。看它的结束甚似《华山畿》的故事。《古今乐录》说："华山畿者，宋少帝时《懊恼》一曲，亦变曲也。少帝时南徐一士子，从华山畿往云阳，见客舍有女子，年十八九。悦之无因，遂感心疾。母问其故，具以启母，母为至华山寻访。见女。具说。女闻感之。

因脱蔽膝；令母密置其席下，卧之当已。少日果差。忽举席见蔽膝而抱持，遂吞食而死。气欲绝，谓母曰：'葬时，车载从华山度。'母从其意。比至女门，牛不肯前，打拍不动。女曰：'且待须臾。'装点沐浴既而出，歌曰：'华山畿，君既为侬死，独活为谁施！欢若见怜时，棺木为侬开。'棺应声开。女遂入棺。家人扣打，无如之何，乃合葬，呼曰神女冢。"也许便是从《华山畿》的故事里演变而成为这个故事的。

<h2 style="text-align:center">五</h2>

梁山伯祝英台以及韩凭夫妻，在人间不能成就他们的终久的恋爱，到了死后，却化为蝶而双双的栩栩的飞在天空，终日的相伴着。同时又有一个故事，却是蝶化为女子而来与人相恋的。《六朝录》言：刘子卿住在庐山，有五彩双蝶，来游花上，其大如燕。夜间，有两个女子来见他，说："感君爱花间之物，故来相谐，君子其有意乎？"子卿笑曰："愿伸缱绻。"于是这两个女子便每日到子卿住处来一次，至于数年之久。

蝶之化为女子，其故事仅见于上面的一则，然蝶却被我东方人视为较近于女性的东西。所以女子的名字用"蝶"字的不少，在日本尤其多（不过男子也有以蝶为名）。现在的舞女尚多用蝶花、蝶吉、蝶之助等名。私人的名字，如"谷超"（Kocho）或"超"（Cho），其意义即为蝴蝶。陆奥的地方，尚存称家中最幼之女为"太郭娜"（Tekona）之古俗，"太郭娜"即陆奥土语之蝴蝶。在古时，"太郭娜"这个字又为一个美丽的妇人的别名。

然在中国蝶却又为人所视为轻薄无信的男子的象征。粉蝶栩栩的在花间飞来飞去，一时停在这朵花上，隔一瞬，又停在那一朵花上，正如情爱不专一的男子一样。又在我们中国最通俗的小说如《彭公案》之类的书，常见有花蝴蝶之名；这个名字是给予那些喜爱任何女子的色情狂的盗贼的。他们如蝴蝶之闻花的香气即飞去寻找一样，一见有什么好女子，便追踪于她们之后，而欲一逞。

　　在这个地方，所指的蝴蝶便与上文所举的不同，已变为一种慕逐女子的男性，并非上文所举的女性的象征了。所以，蝴蝶在我们东方的文学里，原是具有异常复杂的意义的。

六

　　蝶在我们东方，又常被视为人的鬼魂的显化。梁祝及韩凭的二故事，似也有些受这个通俗的观念感发。这种鬼魂显化的蝶，有时是男子显化的，有时是女子显化的。《春渚纪闻》说："建安章国老之室宜兴潘氏，既归国老，不数岁而卒。其终之日，室中一飞蝶散满，不知其数，闻其始生，亦复如此。即设灵席，每展遗像，则一蝶停立久久而去。后遇避讳之日，与曝像之次，必有一蝶随至，不论冬夏也。其家疑其为花月之神。"这个故事还未说蝶就是亡去少妇的魂。《癸辛杂识》所记的二事，乃直接的以蝶为人的魂化。"杨吴字明之，娶江氏少女，连岁得子。明之客死之明日，有蝴蝶大如掌，徊翔于江氏旁，竟日乃去。及闻讣，聚族而哭，其蝶复来，绕江氏，饮食起居不置也。盖明之未能割恋于少妻稚子，故化蝶以归尔。……杨大芳娶谢氏，亡未殓。有蝶大如扇，其色紫褐，翩翩白帐中徘徊飞集窗户间，终日乃去。"

　　日本的故事中，也有一则关于魂化为蝶的传说。东京郊外的某寺坟地之后，有一间孤零零立着的茅舍，是一个老人名为高滨 (Takahama) 的所住的房子。他很为邻居所爱，然同时人又多目之为狂。他并不结婚，所以只有一个人。人家也没有看见他与什么女子有关系。他如此孤独地住着，不觉已有五十年了。某一年夏天，他得了一病，自知不起，便去叫了弟媳及她的一个三十岁的儿子来伴他。某一个晴朗的下午，弟媳与她的儿子在床前看视他，他沉沉地睡着了。这时有一只白色大蝶飞进屋，停在病人的枕上。老人的侄用扇去逐它，但逐了又来。后来它飞出到花园中，侄也追出去，追到坟地上。它只在他面前飞，引他深入坟地。他见这蝶飞到一个妇人坟上，突然的不见了。他见坟石上刻着这妇人名明子 (Akiko)，死于十八岁。这坟显然已很久了，绿苔已长满了坟石上。然这坟收拾得干净，鲜花也放在坟前，可见还时时有人在看顾她。这少年回到屋内时，老人已于睡梦中死了，脸上现出笑容。这少年告诉母亲在坟地上所见的事，他母亲道：“明子！唉！唉！”少年问道：“母亲，谁是明子？”母亲答道：“当你伯父少年时，他曾与一个可爱的女郎名明子的订婚。在结婚前不久，她患肺病而死。他十分的悲切。她葬后，他便宣言此后永不娶妻，且筑了这座小屋在坟地旁，以便时时可以看望她的坟。这已是五十年前的事了。在这五十年中，你伯父不问寒暑，天天到她坟上祷哭，以物祭之。但你伯父对人并不提起这事。所以，现在，明子知他将死，便来接他；那大白蝶就是她的魂呀。”

在日本又有一篇名为《飞的蝶簪》的通俗戏本，其故事似亦是从鬼魂化蝶的这个概念里演变出。蝴蝶是一个美丽的女子，因被诬犯罪及受虐待而自杀。欲为她报仇的人怎么设法也寻不出那个害她的人。但后来，这个死去妇人的发簪，化成了一只蝴蝶，飞翔于那个恶汉藏身的所在之上面，指导他们去捉他，因此得报了仇。

七

《蝴蝶梦》一剧是中国古代很流行的剧本之一。宋金院本中有《蝴蝶梦》的一个名目，元剧中有关汉卿的一本《包待制三勘蝴蝶梦》，又有萧德祥的一本同名的剧本。现在关汉卿的一本尚存在于《元曲选》中。

这个戏剧的故事，也是关于蝴蝶的，与上面所举的几则却俱不同。大略是如此：王老生了三个儿子，都喜欢读书。一天，他上街替儿子们买些纸笔，走得乏了，在街上坐着歇息，不料因冲着马头，却被骑马的一个势豪名葛彪的打死了，三个儿子听见父亲为葛彪打死，便去寻他报仇，也把他打死了。他们都被捉进监狱。审判官恰是称为中国的苏罗门的包拯。当他审此案之前，曾梦自己走进一座百花烂漫的花园，见一个亭子上结下个蛛网。花间飞来一个蝴蝶，正打在网中，却又来了一个大蝴蝶，把它救出。后来，又来第二个蝴蝶打在网中，也被大蝴蝶救了。最后来了一个小蝴蝶，打在网上，却没有人救，那大蝴蝶两次三番只在花丛上飞，却不去救。包拯便动了恻隐之心，把这小蝴蝶放走了。醒来时，却正要审问王大王二王三打死葛彪的案子。他们三个人都承认葛彪是自己打死的，不干兄或弟的事。包拯说，只要一个人抵命，其他二人可以释出。便问他们的母亲，要哪一个去抵命。她说，要小的去。包拯道："为什么？小的不是你养的吗？"母亲悲哽地说道："不是的，那两个，我是他们的继母，这一个是我的亲儿。"包拯为这个贤母的举动所感动，便想道："梦见大蝴蝶救了两个小蝶，却不去救第三个，倒是我去救了他。难道便应在这一件事上吗？"于是他假判道："王三留此偿命。"同时却悄悄地设法，把王三也放走了。

八

还有两则放蝶的故事，也可以在最后叙一下。

唐开元的末年，明皇每至春时，即旦暮宴于宫中，叫嫔妃们争插艳花。他自己去捉了粉蝶来，又放了去。看蝶飞止在哪个嫔妃的上面，他便也去止宿于她的地方。后来因杨贵妃专宠，便不复为此戏（见《开元天宝遗事》）。

这一则故事，没有什么很深的意味，不过表现出一个淫佚的君王的轶事的一幕而已。底下的一则，事虽略觉滑稽，却很带着人道主义的精神。

长山王进士蚪生为令时，每听讼，按律之轻重，罚令纳蝶自赎。堂上千百齐放，如风飘碎锦；王乃拍案大笑。一夜，梦一女子衣裳华好，从容而入曰："遭君虐政，姊妹多物故，当使君先受风流之小谴耳。"言已，化为蝶，回翔而去。明日，方独酌署中，忽报直指使至，皇遽而去。闺中戏以素花簪冠上，忘除之，直指见之，以为不恭，大受斥骂而返。由是罚蝶令遂止。（见《聊斋志异》卷十五）

蝉与纺织娘

　　你如果有福气独自坐在窗内，静悄悄地没一个人来打扰你，一点钟，两点钟的过去，嘴里衔着一支烟，躺在沙发上慢慢地喷着烟云，看它一白圈一白圈的升上，那么在这静境之内，你便可以听到那墙角阶前的鸣虫的奏乐。

　　那鸣虫的作响，真不是凡响；如果你曾听见过曼杜令的低奏，你曾听见过一支洞箫在月下湖上独吹着，你曾听见过红楼的重幔中透出的弦管声，你曾听见过流水淙淙的由溪石间流过，或你曾倚在山阁上听着飒飒的松风在足下拂过，那么，你便可以把那如何清幽的鸣虫之叫声想象到一二了。

　　虫之乐队，因季候的关系而颇有不同，夏天与秋令的虫声，便是截然的两样。蝉之声是高旷的，享乐的，带着自己满足足意的；它高高地栖在梧桐树或竹枝上，迎风而唱，那是生之歌，生之盛年之歌，那是结婚曲，那是中世纪武士美人的大宴时的行吟诗人之歌。无论听了那叽……叽……的漫长声，或叽格……叽格……的较短声，都可同样受到一种轻快的美感。秋虫的鸣声最复杂。但无论纺织娘的咭嘎，蟋蟀的唧唧，金铃子之玎玲，还有无数无数不可名状的秋虫之鸣声，其声调之凄抑却都是一样的，它们唱的是秋之歌，是暮年之歌，是薤露之曲。它们的歌声，是如秋风之扫落叶，怨妇之奏琵琶，孤峭而幽奇，清远而凄迷，低回而愁肠百结。你如果是一个孤客，独宿于荒郊逆旅，一盏荧荧的油灯，对着一张板床，一张木桌，一两张硬板凳，再一听见四壁叽叽吱吱的虫声间作，那你今夜便不用再想稳稳地安睡了，什么愁情，乡思，以及人生之悲感，都会一串串地从根儿勾引起来，在你心上翻来覆去，如白老鼠在戏笼中走轮盘一般，一上去便不用想下来憩息。如果你不是一个客人，你有家庭，你有很好的太太，你并没有什么闹愁胡想，那么，在你太太已睡之后，你想在书房中静静地写些东西时，这唧唧的秋虫之声却也会无端的窜入你的心里，翻掘起你向不曾有过的一种凄感呢。如果那一夜是一个月夜，天井里统是银白色，枯秃的树影，一根一条的很清朗的印在地上，那么你的感触将更深了。那也许就是所谓悲秋。

秋虫之声，大都在蝉之夏曲已告终之后出现，那正与气候之寒暖相应。但我却有一次奇异的经验；在无数的纺织娘之鸣声已来了之后，却又听得满耳的蝉声。我想我们的读者中有这种经验的人是必不多的。

我在山中，每天听见的只有蝉声，鸟声还比不上。那时天气是很热，即在山上，也觉得并不凉爽。正午的时候，躺在廊前的藤榻上，要求一点儿的凉风，却见满山的竹树梢头，一动也不动，看看足底下的花草，也都静静地站着，如老僧入了定似的。风扇之类既得不到，只好不断地用手巾来拭汗，不断地在摇挥那纸扇了。在这时候，往往有几缕的蝉声在槛外鸣奏着。闭了目，静静地听了它们在忽高忽低，忽断忽续，此唱彼和，仿佛是一大阵绝清幽的乐队在那里奏着绝清幽的曲子，炎热似乎也减少了，然后，蒙眬地蒙眬地睡去了，什么都不觉得。良久，良久，清梦醒来时，却又是满耳的蝉声。山中的蝉真多！绝早的清晨，老妈子们和小孩子们常去抱着竹竿乱摇一阵，而一只两只的蝉便要跟随了朝露而落到地上了。第一个早晨，在我们滴翠轩的左近，至少是百只以上之蝉是这样的被捉。但蝉声并不减少。

常常的，一只蝉两只蝉，叽的一声，飞人房内，如平时我们所见的青油虫及灯蛾之飞入一样。这也是必定被人所捉的。有一天，见有什么东西在槛外倒水的铅斗中咯笃咯笃的作响，俯身到槛外一看，却又是一只蝉，这当然又是一个俘虏了。还有好几次，在山脊上走时，忽见矮林丛中有什么东西在动，拨开林丛一看，却也是一只蝉。它是被竹枝竹叶挡阻住了不能飞去。我把它拾在手中。同行的心南先生说："这有什么稀奇，放走了它吧。要多少还怕没有！"我便顺手把它向风中一送，它悠悠扬扬的飞去很远很远，渐渐地不见了。我想不到这只蝉就在刚才是地上拾了来的那一只！

初到时，颇想把它们捉几个寄上海去送送人。有一次，便托了老妈子去捉。她在第二天一早，果然捉了五六只来放在一个大香烟纸盒中，不料给依真一见，她却吵着，带强迫的要去。我又托那个老妈子去捉。第二天，又捉了四五只来。依真的纸盒中却只剩下两只活的，其余的都死了。到了晚上，我的几只，也死了一半。因此，寄到上海的计划遂根本的打消了。从此以后，便也不再托人去捉，自己偶然捉来的，也都随手放去了。那样不经久的东西，留下了它干什么用！不过孩子们却还热心地去捉。依真每天要捉至少三只以上用细绳子缚在铁杆上。有一次，曾有一只蝉居然带了红绳子逃去了；很长的一根红绳子，拖在它后面，在风中飘荡着，很有趣味。

半个月过去了；有的时候，似乎蝉声略少，第二天却又多了起来。虽然是叽……叽……的不息地鸣着，却并不觉喧扰；所以大家都不讨厌它们。我却特别的爱听它们的歌唱，那样的高旷清远的调子，在什么音乐会中可以听得到！所以我每以蝉声将绝为虑，时时地干涉孩子们的捕捉。

到了一夜，狂风大作，雨点如从水龙头上喷出似的，向槛内廊上倾倒。第二天还不放晴。再过一天，晴了，天气却很凉，蝉声乃不再听见了！全山上的鸣唱着的却换了一种叽嘎——叽嘎——的急促而凄楚的调子，那是纺织娘。

"秋天到了。"我这样地说着，颇动了归心。

再一天，纺织娘还是叽嘎叽嘎地唱着。

然而，第三天早晨，当太阳晒得满山时，蝉声却又听见了！且很不少。我初听不信；叽——叽——叽格——叽格——那确是蝉声！纺织娘之声却又潜踪了。

蝉回来了，跟它回来的是炎夏。从箱中取出的棉衣又复放入箱中。下山之计遂又打消了。

谁曾于听了纺织娘歌声之后再听见蝉的夏曲呢？这是我的一个有趣的经验。

十一月八日夜补记

最 后 一 课

　　口头上慷慨激昂的人，未见得便是杀身成仁的志士。无数的勇士，前仆后继地倒下去，默默无言。

　　好几个汉奸，都曾经做过抗日会的主席；首先变节的一个国文教师，却是好使酒骂座，惯出什么"富贵不能淫，威武不能屈"一类题目的东西；说是要在枪林弹雨里上课，绝对的"宁为玉碎，不为瓦全"的一个校长，却是第一个屈膝于敌伪的教育界之蟊贼。

　　然而默默无言的人们，却坚定地做着最后的打算，抛下了一切，千山万水的，千辛万苦的开始长征，绝不做什么为国家保存财产、文献一类的借口的话。

　　上海国军撤退后，头一批出来做汉奸的都是些无赖之徒，或愍不畏死的东西。其后，却有"我不入地狱谁入地狱"的维持地方的人物出来了。再其后，却有以"救民"为幌子，而喊着同文同种的合作者出来。到了珍珠港的袭击以后，自有一批最傻的傻子们相信着日本政策的改变，在做着"东亚人的东亚"的白日梦，吃尽了"独苦"，反以为"同甘"，被人家拖着"共死"，却糊涂到要挣扎着"同生"。其实，这类的东西也不太多。自命为聪明的人物，是一贯的料用时机，做着升官发财的计划。其或早或迟的蜕变，乃是作恶的勇气够不够。或替自己打算得周到不周到的问题。

　　默默无言的坚定的人们，所想到的只是如何抗敌救国的问题，压根儿不曾梦想到"环境"的如何变更，或敌人对华政策的如何变动、改革。

所以他们也有一贯的计划，在最艰苦的情形之下奋斗着，绝对的不做"苟全"之梦；该牺牲的时机一到，便毫不踌躇地踏上应走的大道，义无反顾。

十二月八号是一块试金石。

这一天的清晨，天色还不曾大亮，我在睡梦里被电话的铃声惊醒。

"听到了炮声和机枪声没有？"C 在电话里说。

"没有听见。发生了什么事？"

"听说日本人占领租界，把英国兵缴了械，黄浦江上的一只英国炮舰被轰沉，一只美国炮舰投降了。"

接连的又来了几个电话，有的是报馆里的朋友打来的。事实渐渐地明白。

英国军舰被轰沉，官兵们凫水上岸，却遇到了岸上的机枪的扫射，纷纷地死在水里。

日本兵依照着预定的计划，开始从虹口或郊外开进租界。

被认为孤岛的最后一块弹丸地，终于也沦陷于敌手。

我匆匆地跑到了康脑脱路的暨大。

校长和许多重要的负责者们都已经到了。立刻举行了一次会议。简短而悲壮地，立刻议决了：

"看到一个日本兵或一面日本旗经过校门时，立刻停课，将这大学关闭结束。"

太阳光很红亮地晒着，街上依然地熙来攘往，没有一点儿异样。

我们依旧地摇铃上课。

我授课的地方，在楼下临街的一个课室，站在讲台上可以望得见街。

学生们不到的人很少。

"今天的事，"我说道，"你们都已经知道了吧？"学生们都点点头。"我们已经议决，一看到一个日本兵或一面日本旗经过校门。立刻便停课，并且立即将学校关闭结束。"

学生们的脸上都显现着坚毅的神色，坐得挺直的，但没有一句话。

"但是我这一门功课还要照常地讲下去。一分一秒钟也不停顿，直到看见了一个日本兵或一面日本旗为止。"

我不荒废一秒钟的工夫，开始照常地讲下去。学生们照常地笔记着，默默无声的。

这一课似乎讲得格外的亲切，格外的清朗，语音里自己觉得有点儿异样；似带着坚毅的决心，最后的沉着；像殉难者的最后的晚餐，像冲锋前的士兵们上了刺刀，"引满待发"。

然而镇定、安详，没有一丝的紧张的神色。该来的事变，一定会来的。一切都已准备好。

谁都明白这"最后一课"的意义。我愿意讲得愈多愈好；学生们愿意笔记得愈多愈好。

讲下去，讲下去，讲下去。恨不得把所有的应该讲授的东西，统统在这一课里讲完了它；学生们也沙沙的不停地在抄记着。心无旁用，笔不停挥。

别的十几个课室里也都是这样的情形。

对于要"辞别"的，要"离开"的东西，觉得格外的恋恋。黑板显得格外的光亮，粉笔是分外的白而柔软适用，小小的课桌，觉得十分的可爱，学生们靠在课椅的扶手上，抚摩着，也觉得十分的难分难舍。那晨夕与共的椅子，曾经在扶手上面用钢笔、铅笔，或铅笔刀，有意识或无意识地涂写着、刻画着许多字或句的，如何舍得一旦离别了呢！

街上依然的平滑光鲜，小贩们不时地走过，太阳光很有精神地晒着。

我的表在衣袋里嘀嘀地嗒嗒地走着，那声音仿佛听得见。

没有伤感，没有悲哀，只有坚定的决心，沉毅异常地在等待着；等待着最后一刻的到来。

远远的有沉重的车轮辗地的声音可听到。

几分钟后，有几辆满载着日本兵的军用车，经过校门口，向东向西，徐徐地走过，当头一面旭日旗，血红的一个圆圈，在迎风飘荡着。

时间是上午十时三十分。

我一眼看见了这些车子走过去，立刻挺直了身体，作着立正的姿势，沉毅地合上了书本，以坚决的口气宣布道：

“现在下课！”

学生们一致地立了起来，默默地不说一句话；有几个女生似在低低地啜泣着。

没有一个学生有什么要问的，没有迟疑，没有踌躇，没有彷徨，没有顾虑。各个人都已决定了应该怎么办，应该向哪一个方面走去。

炽热的心，像钢铁铸成似的坚固，像走着鹅步的议仗队似的一致。

从来没有那么无纷纭的一致的坚决过，从校长到工役。

这样的，光荣的国立暨南大学在上海暂时结束了她的生命。默默地在忙着迁校的工作。

那些喧哗的慷慨激昂的东西们，却在忙碌地打算着怎样维持他们的学校，借口于学生们的学业、校产的保全与教职员们的生活问题。

宴 之 趣

虽然是冬天，天气却并不怎么冷，雨点淅淅沥沥地滴个不已，灰色云是弥漫着；火炉的火是熄下了，在这样的秋天似的天气中，生了火炉未免是过于燠暖了。家里一个人也没有，他们都出外"应酬"去了。独自在这样的房里坐着，读书的兴趣也引不起，偶然地把早晨的日报翻着，翻着，看看它的广告，忽然想起去看"Merry Widow"吧。于是独自上了电车，到派克路跳下了。

在黑漆的影戏院中，乐队悠扬地奏着乐，白幕上的黑影，坐着，立着，追着，哭着，笑着，愁着，怒着，恋着，失望着，决斗着，那还不是那一套，他们写了又写，演了又演的那一套故事。

但至少，我是把一句话记住在心上了：

"有多少次，我是饿着肚子从晚餐席上跑开了。"

这是一句隽妙无比的名句；借来形容我们宴会无虚日的交际社会，真是很确切的。

每一个商人、每一个官僚，每一个略略交际广了些的人，差不多他们的每一个黄昏，都是消磨在酒楼菜馆之中的。有的时候，一个黄昏要赶着去赴三四处的宴会。这些忙碌的交际者真是妓女一样，在这里坐一坐，就走开了，又赶到另一个地方去了，在那一个地方又只略坐一坐，又赶到再一个地方去了。他们的肚子定是不会饱的，我想。有几个这样的交际者，当酒阑灯烛，应酬完毕之后，定是回到家中，叫底下人烧了稀饭来堆补空肠的。

我们在广漠繁华的上海，简直是一个村气十足的"乡下人"；我们住的是乡下，到"上海"去一趟是不容易的，我们过的是乡间的生活，一月中难得有几个黄昏是在"应酬"场中度过的。有许多人也许要说我们是"孤介"，那是很清高的一个名词。但我们实在不是如此，我们不过是不惯征逐于酒肉之场，始终保持着不大见世面的"乡下人"的色彩而已。

偶然的有几次，承一两个朋友的好意，邀请我们去赴宴。在座的至多只有三四个熟人，那一半生客，还要主人介绍或自己去请教尊姓大名，或交换名片，把应有的初见面的应酬的话讷讷地说完了之后，便默默地相对无言了。说的话都不是有着落，都不是从心里发出的；泛泛的，是几个音声，由喉咙头溜到口外的而已。过后自己想起那样的敷衍的对话，未免要为之失笑。如此的，说是一个黄昏在繁灯絮语之宴席上度过了，然而那是如何没有生趣的一个黄昏呀！

有几次，席上的生客太多了，除了主人之外没有一个是认识的；请教了姓名之后，也随即忘记了。除了和主人说几句话之外，简直无从和他们谈起。不晓得他们是什么行业，不晓得他们是什么性质的人，有话在口头也不敢随意地高谈起来。那一席宴，真是如坐针毡；精美的羹菜，一碗碗地捧上来，也不知是什么味儿。终于忍不住了，只好向主人撒一个谎，说身体不大好过，或说是还有应酬，一定要去的。——如果在谣言很多的这几天当然是更好托词了，说我怕戒严提早，要被留在华界之外——虽然这是无礼貌的，不大应该的，虽然主人是照例的殷勤地留着，然而我却不顾一切地不得不走了。这个黄昏实在是太难挨得过去了！回到家里以后，买了一碗稀饭，即使只有一小盏萝卜干下稀饭，反而觉得舒畅，有意味。

如果有什么友人做喜事，或寿事，在某某花园，某某旅社的大厅里，大张旗鼓地宴客，不幸我们是被邀请了，更不幸我们是太熟的友人，不能不到，也不能道完了喜或拜完了寿，立刻就托词溜走的，于是这又是一个可怕的黄昏。常常地张大了两眼，在寻找熟人，好容易找到了，一定要紧紧的和他们挤在一起，不敢失散。到了座席时，便至少有两三人在一块儿可以谈谈了，不至于一个人独自的局促在一群生面孔的人当中，惶恐而且空虚。当我们两三个人在津津地谈着自己的事时，偶然抬起眼来看着对面的一个坐客，他是凄然无侣地坐着；大家酒杯举了，他也举着；菜来了，一个人说："请，请。"同时把牙箸伸到盘边，他也说："请，请。"也同样地把牙箸伸出。除了吃菜之外，他没有目的，菜完了，他便局促地独坐着。我们见了他，总要代他难过，然而他终于能够终了席方才起身离座。

宴会之趣味如果仅是这样的，那么，我们将咒诅那第一个发明请客的人；喝酒的趣味如果仅是这样的，那么，我们也将打倒杜康与狄奥尼修士了。

然而又有的宴会却幸而并不是这样的；我们也还有别的可以引起喝酒的趣味的环境。

独酌，据说，那是很有意思的。我少时，常见祖父一个人执了一把锡的酒壶，把黄色的酒倒在白磁小杯里，举了杯独酌着；喝了一小口，真正一小口，便放下了，又拿起筷子来夹菜。因此，他食得很慢，大家的饭碗和碗都已放下了，且已离座了，而他却还在举着酒杯，不匆不忙地喝着。他的吃饭，尚在再一个半点钟之后呢。而他喝着酒，颜微酡着，常常叫道："孩子，来，"而我们便到了他的跟前。他夹了一块只有他独享着的菜蔬放在我们口中，问道"好吃吗？"我们往往以点点头答之。在孙男与孙女中，他特别地喜欢我，叫我前去的时候尤多。常常的，他把有了短髯的嘴吻着我的面颊，微微有些刺痛，而他的酒气从他的口鼻中直喷出来。这是使我很难受的。

这样的，他消磨过了一个中午和一个黄昏。天天都是如此。我没有享受过这样的乐趣。然而回想起来，似乎他那时是非常的高兴，他是陶醉着，为快乐的雾所围着，似乎他的沉重的忧郁都从心上移开了，这里便是他的全个世界，而全个世界也便是他的。

别一个宴之趣，是我们近几年所常常领略到的，那就是集合了好几个无所不谈的朋友，全座没有一个生面孔，在随意地喝着酒，吃着菜，上天下地地谈着。有时说着很轻妙的话，说着很可发笑的话，有时是如火如剑的激动的话，有时是深切的论学谈艺的话，有时是随意地取笑着，有时是面红耳热地争辩着，有时是高妙的理想在我们的谈锋上触着，有时是恋爱的遇合与家庭的与个人的身世使我们谈个不休。每个人都把他的心胸赤裸裸地袒开了，每个人都把他的向来不肯给人看的面孔显露出来了；每个人都谈着，谈着，谈着，只有更兴奋地谈着，毫不觉得"疲倦"是怎么一个样子。酒是喝得干了，菜是已经没有了，而他们却还是谈着，谈着，谈着。那个地方，即使是很喧闹的，很湫狭的，向来所不愿意多坐的，而这时大家却都忘记了这些事，只是谈着，谈着，谈着，没有一个人愿意先说起告别的话。要不是为了戒严或家庭的命令，竟不会有人想走开的。虽然这些闲谈都是琐屑之至的，都是无意味的，而我们却已在其间得到宴之趣了；——其实在这些闲谈中，我们是时时可发现许多珠宝的；大家都互相地受着影响，大家都更进一步了解他的同伴，大家都可以从那里得到些教益与利益。

"再喝一杯，只要一杯，一杯。"

"不，不能喝了，实在的。"

不会喝酒的人每每这样的被强迫着而喝了过量的酒。面部红红的，映在灯光之下，是向来所未有的壮美的丰采。

"圣陶，干一杯，干一杯。"我往往地举起杯来对着他说，我是很喜欢一口一杯的喝酒的。

"慢慢地，不要这样快，喝酒的趣味，在于一小口一小口地喝，不在于'干杯'。"圣陶反抗似的说，然而终于他是一口干了，一杯又是一杯。

连不会喝酒的愈之、雁冰，有时，竟也被我们强迫地干了一杯。于是大家哄然地大笑，是发出于心之绝底的笑。

再有，佳年好节，合家团团地坐在一桌上，放了十几双的红漆筷子，连不在家中的人也都放着一双筷子，都排着一个座位。小孩子笑滋滋地闹着吵着，母亲和祖母温和地笑着，妻子忙碌着，指挥着厨房、中厅堂中仆人们的做菜、端菜，那也是特有一种融融泄泄的乐趣，为孤独者所妒羡不止的，虽然并没有和同伴们同在时那样的宴之趣。

还有，一对恋人独自在酒店的密室中晚餐；还有，从戏院中偕了妻子出来，同登酒楼喝一两杯酒；还有，伴着祖母或母亲在熊熊的炉火旁边，放了几盏小菜，闲吃着宵夜的酒，那都是使身临其境的人心醉神怡的。

宴之趣是如此的不同呀！

山　市

　　未至滴翠轩时，听说那个地方占着山的中腰，是上下山必由之路，重要的商店都开设在那里。第二天清晨到楼下观望时，却很清静，不像市场的样子。楼下只有三间铺子。商务书馆是最大，此外还有一家出卖棉织衣服店，一家五金店。东边是下山之路，一面是山壁，一面是竹林；底下是铁路饭店。"这里下去要到三桥埠才有市集呢。"茶房告诉我说。西边上去，竹荫密密地遮盖在小路上，景物很不坏！——后来我曾时时到这条路上散步，——但也不见有商店的影子。茶房说，由此上去，有好几家铺子，最大的元泰也在那里。我和心南先生沿了这条路走去，不到三四百余步，果然见几家竹器店、水果店，再过去是上海银行，元泰食物店及三五家牛肉庄、花边店、竹器店，如此而已。那就是所谓山市。但心南先生说，后山还有一个大市场，老妈子天天都到那里去买菜。

　　滴翠轩的楼廊，是最可赞许的地方，又阔又敞，眼界又远，是全座"轩"最好的所在。

　　一家竹器店正在编做竹的躺椅。"应该有一张躺椅放在廊前躺躺才好，"我这样想，便对这店的老板说："这张躺椅卖不卖？"

　　"这是外国人定做的，您要，再替您做一张好了，三天就有。"

　　"照这样子，"我把身体躺在这将成的椅上试了一试，说，"还要长了二三寸。价钱要多少？"

"替外国人做，自然要贵些，这一张是四块钱，但您如果要，可以照本给您做。只要三块八角，不能再少。"

我望望心南先生，要他还价，因为这间铺子他曾买过几样东西，算是老主顾了。

"三块钱，我看可以做了。"心南先生说。

"不能，先生，实在不够本。"

"那么，三块四角钱吧，不做随便你。"我一边走，一边说。

"好了，好了，替您做一张就是。"

"三天以后，一定要有，尺寸不能短少，一定要比这张长三寸。"

"一定，一定，我们这里不会错的，说一句是一句。请先付定洋。"

我付了定洋，走了。

第二天去看，他们还没有动手做。

"怎么不做，来得及吗？大后天一定要的，因为等要用。"

"有的，一定有的，请您放心。"

第三天早晨，到山上去，走过门前，顺便去看看，他们才在扎竹架子。

"明天椅子有没有？一定要送去的。"

"这两天生意太忙，对不起。后天给你送去吧。今天动手做，无论如何，明天不会好的。"

再过一天，见他们还没有把椅子送来，又跑去看。大体是已经做好了。老板说，"下午一定有，随即给你送来。"

躺在椅上试了一试，似乎不对，比前次的一张还要短。

"怎么更短了？"

"没有，先生，已经特别放长了。"

前次定做的那张椅子还挂在墙角，没有取去。

"把那张拿下来比比看。"我说。

一比，果然反短了两寸。不由人不生气！山里做买卖的人总以为比都市里会老实些，不料这种推测却完全错误！

"我不要了，说话怎么不做准？说好放长三寸的，怎么反短了两寸！"

"先生，没有短，是放长的，因为样子不同，前面靠脚处把您编得短些，所以您觉得它短了。"

"明明是短！"我用尺去量后说。

争执了半天，结果是量好了尺寸，叫他们再做一只。两天后一定有。

这一次才没有偷减了尺才。

每次到山脊上散步时，总觉得山后田间的景色很不坏。有一天绝早。天色还没有发亮，便起了床，自己预备洗脸水。到了一切都收拾好时，天色刚刚有些淡灰色。于是独自一人的便动身了。到了山脊，再往下走时，太阳已如大血盘似的出现于东方。山后有一个小市场，几家茶馆饭铺，几家米店，兼售青菜及鸡。还有一家肉店。集旁是一小队保安队的驻所，情况很寂寥，并不热闹。心南先生所说的市集，难道就是这里吗？我有些怀疑。

由这市集再往下走，沿途风物很秀美。满山都是竹林，间有流泉淙淙的作响。有一座小桥，驾于溪上，几个村姑在溪潭旁捶洗衣服。在在都可入画。只是路途渐渐的峻峭了，毁坏了，有时且寻不出途径，一路都是乱石。走了半个钟头，还没有到山脚。头上的汗珠津津地渗出。太阳光在这边却还没有，因为是山阴。沿路一个人也没有遇到。良久，才见下面有一个穿蓝布衣的人向上走。到了临近，见他手执一个酱油瓶，知道是到市集去的。

"这里到山脚下还有多少路？"

他以怀疑的眼光望着我，答道："远呢，远呢，还有三五里路呢。你到那边有什么事？"

"不过游玩游玩而已。"

"山路不好走呢。一路上都是石子儿，且又高峻。"

我不理他，继续地走下去，不到半里路，却到了一个村落，且路途并不坏，较上面的一段平坦多了。不知这个人为什么要说谎。一条溪水安舒地在平地上流着，红冠的白鹅安舒地在水面上游着。一群孩子立在水中拍水为戏，嘻嘻哈哈地大笑大叫，母亲们正在水边洗菜蔬。屋上的烟囱中，升出一缕缕的炊烟。

一只村犬见了生人，汪汪地大叫起来，四面的犬应声而吠，这安静的晨村，立刻充满了紧张的恐怖气象。孩子们和母亲们都停了游戏，停了工作，诧异地望着我。几只犬追逐在后面吠叫。亏得我有一根司的克（英语手杖的音译）护身，才能把他们吓跑了。他们只远远地追吠，不敢走近来。山行真不能不带司的克，一面可以为行山之助，一面又可以防身，走到草莽丛杂时，可以拨开打蛇虫之类，同时还可以吓吓犬！

沿了溪边走下去，一路都是水田，用竹竿搭了一座瓜架，就架在水面上；满架都是黄色的花，也有几个早结的绿皮的瓜。那样有趣而可爱的瓜架，我从不曾见过。再下面是一个深潭，绿色的水，莹静地停储在那里。我静静地立着，可以照见自己的面貌。高山如翠绿屏风似的围绕于三面。静悄悄的一点儿人声、鸟声都没有。能在那里静立一两个钟头，那真是一种清福。

但偶一抬头，却见太阳光已经照在山腰了。

　　一看表，已经是七点，不能不回去了。再经过那个村落时，犬和人却都已进屋去，不再看见。到了市集，却忘了上山脊的路，去问保安队，他们却说不知。保安队会不知驻在地的路径，那真有些奇闻！我不再问他们，自己试了几次，终于到达了山脊，由那里到家，便是熟路了。

　　回家后，问问心南先生，他们说的大市集原来果是那里。山市竟是如此的寂寥的，那是我初想不到的：山中人原却并不比都市中人朴无欺诈，那也是我初想不到的。

一九二六年十一月二十八日夜追记

月 夜 之 话

是在山中的第三夜了。月色是皎洁无比，看着她渐渐地由东方升了起来。蝉声叽——叽——叽——漫长地叫着，岭下涧水潺潺的流声，隐略可以听见，此外，便什么声音都没有了。月如银的圆盘般大，静定地挂在晚天中，星没有几颗，疏朗朗间缀于蓝天中，如美人身上披着蓝天鹅绒的晚衣，缀了几颗不规则的宝石。大家都把自己的摇椅移到东廊上坐着。

初升的月，如水银似的白，把她的光笼罩在一切的东西上；柱影与人影，粗黑的向西边的地上倒映着。山呀，田地呀，树林呀，对面的许多所的屋呀，都朦朦胧胧的不大看得清楚，正如我们初从倦眠中醒了来，睁开了眼去看四周的东西，还如在渺茫梦境中似的；又如把这些东西都幕上了一层轻巧细密的冰纱，它们在纱外望着，只能隐约地看见它们的轮廓；又如春雨连朝，天色昏暗，极细极细的雨丝，随风飘拂着，我们立在红楼上，由这些蒙雨织成的帘巾向外望着。那么样静美，那么样柔秀的融合的情调，真非身临其境的人不能说得出的。

"那么好的月呀！"擘黄先生赞赏似的叹美着。

同浴于这个明明的月光中的，还有梦旦先生和心南先生，静悄悄的，各人都随意地躺在他的摇椅上，各自在默想他的崇高的思绪。也不知道有多少秒，多少分，多少刻的时间是过去了，红栏杆外是月光、蝉声与溪声，红栏杆内是月光照浴着的几个静思的人。

月光光，

照河塘，

骑竹马，

过横塘。

横塘水深不得过，

娘子牵船来接郎。

问郎长，问郎短，

问郎此去何时返。

心南先生的女公子依真跳跃着地由西边跑了过来，嘴里这样地唱着。那清脆的歌声漫溢于朦胧的空中，如一塘静水中起了一个水沤似的，立刻一圈一圈地扩大到全个塘面。

"这是各处都有的儿歌，辜鸿铭曾选人他的《幼学弦歌》中。"梦旦先生说。他真是一个健谈的人，又恳挚，又多见闻，凡是听过他的话的人，总不肯半途走了开去。

"福州还有一首大家都知道的民歌，也是以月为背景的，真是不坏。"梦旦先生接着说；于是他便背诵出了这一首歌。

原文：

共哥相约月出来，

怎样月出哥未来？

没是奴家月出早?

没是哥家月出迟?

不论月出早与迟;

恐怕我哥未肯来。

当日我哥未娶嫂,

三十无月哥也来。

译文:

与他相约月出来,

怎么月出了他还未来?

莫不是我家月出得早?

莫不是他家月出得迟?

不论月出早与迟,

只怕他是不肯来了吧!

当日他没有娶妻时,

没有月的三十夜也还来呢。

这首歌的又真挚又曲折的情绪,立刻把大家捉住了。像那么好的情歌,真不多见。

"我真想把它抄录了下来呢!"我说。于是梦旦先生又逐句的背念了一遍,我便录了下来。

"大约是又成了《山中通信》的资料吧。"擘黄先生笑着说道,他今天刚看见我写着《山中通信》。

"也许是的，但这样的好词，不写了下来，未免太可惜了。"

"我也有一个，索性你再写了吧。"擘黄说。

我端正了笔等着他。

> 七月七夕鹊填桥，
>
> 牛郎织女渡天河。
>
> 人人都说神仙好，
>
> 一年一度算什么！

"最后一句真好，凡是咏七夕的诗，恐怕不见得有那样透彻的口气吧。可见民歌好的不少，只在自己去搜集而已。"擘黄说。

大家的话匣子一开，沉静的气氛立刻打破了，每个人都高高兴兴地谈着唱着，浑忘了皎洁月光与其他一切。月已升得很高，倒向西边的柱影，已渐渐的短了。

梦旦先生道："还有一首歌，你们听人说过没有？"

> "采苹你去问秋英，
>
> 怎么姑爷跌满身？"
>
> "他说：相公家里回，
>
> 也无火把也无灯。"

> "既无火把也要灯！
>
> 他说相公家里回，
>
> 怎么姑爷跌满身？
>
> 采苹你去问秋英！"

"是的，听见过的，"擘黄说，"但其层次与说话之语气颇不易分得出明白。"

"大约是小姐见姑爷夜间回来，跌了一身的泥，不由得起了疑心，便叫丫头采苹去问跟班秋英。采苹回到小姐那里，转述秋英的话，相公之所以跌得一身泥者，因由家里回来，夜色黑漆漆的。又无火把又无灯笼也。第二首完全是小姐的话，她的疑心还未释，相公既由家回，如无火把也要有灯，怎么会跌得一身泥？于是再叫采苹去问秋英。虽然是如连环诗似的二首，前后的意思却很不同。每个人的口气也都逼真形象。"梦旦先生说。

经了这样一解释，这首诗，真的也成了一首名作了。

> 真鸟仔，
>
> 啄瓦檐，
>
> 奴哥无"母"这数年。
>
> 看见街上人讨"母"，
>
> 奴哥目泪挂目檐。
>
> 有的有，没的没，
>
> 有人老婆连小婆！
>
> 只愿天下作大水，

流来流去齐齐没。

这一首也是这一夜采得的好诗，但恐"非福州人"所能了解。所谓"真鸟仔"者，即小麻雀也。"母"者，即女子也，即所谓公母之"母"是也。"奴哥"者，擘黄以为是他人称他的，我则以为是自称的口气，兹译之如下：

　　小小的麻雀儿，

　　在瓦檐前啄着，啄着，

　　我是这许多年还没有妻呀！

　　看见街上人家闹洋洋的娶亲，

　　我不由得双泪挂眼边。

　　有的有，没有的没有，

　　有的人，有了妻，却还要小老婆。

　　但愿天下起了大水，

　　流来流去，使大家一齐都没有。

这个译文，意思未见得错，音调的美却完全没有了。所以要保存民歌的绝对的美，似非用方言写出来不可。

这一夜，是在山上说得最舒畅的一夜，直到大家都微微地呵欠着，方才散了，各进房门去睡。第二夜，月光也不坏。我却忙着写稿子；再一夜，天色却不佳，梦旦先生和擘黄又忙着收拾行囊，预备第二天一早下山。像这样舒畅的夜谈，却终于只有这一夜，这一夜呀！

黄昏的观前街

我刚从某一个大都市归来。那一个大都市，说得漂亮些，是乡村的气息较多于城市的。它比城市多了些乡野的荒凉况味，比乡村却又少了些质朴自然的风趣。疏疏的几簇住宅，到处是绿油油的菜圃，是蓬蒿没膝的废园，是池塘半绕的空场，是已生了荒草的瓦砾堆。晚间更是凄凉。太阳刚刚西下，街上的行人便已"寥若晨星"。在街灯如豆的黄光之下，踽踽地独行着，瘦影显得更长了。足音也格外的寂寥。远处野犬，如豹的狂吠着。黑衣的警察，幽灵似的扶枪立着。在前面的重要区域里，仿佛有"站住！""口号！"的呼叱声。我假如是喜欢都市生活的话，我真不会喜欢到这个地方；我假如是喜欢乡间生活的话，我也不会喜欢到这个所在。我的天！还是趁早走了吧。（不仅是"浩然，"简直是"凛然有归志"了！）

归程经过苏州，想要下去，终于因为舍不得抛弃了车票上的未用尽的一段路资，蹉跎的被火车带过去了。归后不到三天，长个子的樊与矮而美髯的孙，却又拖了我逛苏州去。早知道有这一趟走，还不如中途而下，来得便利吗？

我的太太是最厌恶苏州的，她说舒舒服服地坐在车上，走不了几步，却又要下车过桥了。我也未见得十分喜欢苏州；一来是，走了几趟都买不到什么好书，二来是，住在阊门外，太像上海，而又没有上海的繁华。但这一次，我因为要换换花样，却拖他们住到城里去。不料竟因此而得到了一次永远不曾领略到的苏州景色。

我们跑了几家书铺，天色已经渐渐的黑下来了，樊说，"我们找一个地方吃饭吧。"饭馆里是那么样拥挤，走了两三家，才得到了一张空桌。街上已上了灯。楼窗的外面，行人也是那么样拥挤。没有一盏灯光不照到几堆子人的，影子也不落在地上，而落在人的身上。我不禁想起了某一个大城市的荒凉情景，说道："这才可算是一个都市！"

这条街是苏州城繁华的中心的观前街。玄妙观是到过苏州的人没有一个不熟悉的；那么粗俗的一个所在，未必有胜于北平的隆福寺，南京的夫子庙，扬州的教场。观前街也是一条到过苏州的人没有一个不曾经过的；那么狭小的一道街，三个人并列走着，便可以不让旁的人走，再加以没头苍蝇似的乱钻而前的人力车，或箩或桶的一担担的水与蔬菜，混合成了一个道地的中国式的小城市的拥挤与纷乱无秩序的情形。

然而，这一个黄昏时候的观前街，却与白昼大殊。我们在这条街上舒适的散着步，男人、女人、小孩子、老年人，摩肩接踵而过，却不喧哗，也不推拥。我所得的苏州印象，这一次可说是最好。——从前不曾于黄昏时候在观前街散步过。半里多长的一条古式的石板街道，半部车子也没有，你可以安安稳稳地在街心踱方步。灯光耀耀煌煌的，铜的、布的、黑漆金字的市招，密簇簇地排列在你的头上，一举手便可触到了几块。茶食店里的玻璃匣，亮晶晶地在繁灯之下发光，照得匣内的茶食通明映入行人眼里，似欲伸手招致他们去买几色苏制的糖食带回去。野味店的山鸡野兔，已烹制的，或尚带着皮毛的，都一串一挂地悬在你的眼前——就在你的眼前，那香味直扑到你的鼻上。你在那里，走着，走着。你如走在一所游艺园中。你如在暮春三月，迎神赛会的当儿，挤在人群里，跟着他们跑，兴奋而感到浓趣。你如在你的少小时，大人们在做寿，或娶亲，地上铺着花毯，天上张着锦幔，长随打杂老妈丫头，客人的孩子们，全都穿戴着崭新的衣帽，穿梭似的进进出出，而你在其间，随意地玩耍，随意地奔跑。你白天觉得这条街狭小，在这时，你，才觉这条街狭小得妙。她将你紧压住了，如夜间将自己的手放在心头，做了很刺激的梦；她将所有的宝藏，所有的繁华，所有的可引动人的东西，都陈列在你的面前，即在你的眼下，相去不到三尺左右，而别用一种黄昏的灯纱笼罩了起来，使它们更显得隐约而动情，如一位对窗里面的美人，如一位躲于绿帘后的少女。她假如也像别的都市的街道那样的开朗阔大，那么，便将永远感不到这种亲切的繁华的况味，你便将永远受不到这种紧紧地箍压于你的全身，你的全心的燠暖而温馥的情趣了。你平常觉得这条街闲人太多，过于拥挤，在这时却正显得人多的好处。你看人，人也看你；你的左边是一位时装的小姐，你的右边是几位随了丈夫、父亲上城的乡姑，你的前面是一两位步履维艰的道地的苏州老，一两位尖帽薄履的苏式少年，你偶然回过头来，你的眼光却正碰在一位容光射人、衣饰华丽的少奶奶的身上。你的团团转转都是人，都是无关系的无关心的最驯良的人；你可以舒舒适适地踱着方步，一点儿也不用担心什么。这里没有乘机的偷盗，没有诱人入魔窟的"指导者"，也没有什么电掣风驰、左冲右撞的一切车子。每一个人都是那么安闲地散着步，散着步；川流不息地在走，肩摩踵接地在走，他们永不会猛撞着你身上而过。他们是走得那么安闲，那么小心。你假如偶然过于大意地撞了人，或踏了人的足——那是极不经见的事！他们抬眼望了望你，你对他们点点头，表示歉意，也就算了。大家都感到一种亲切，一种无损害，一种无忧无虑的生活；大家都似躲在一个乐园中，在明月之下，绿林之间，悠闲散着步，忘记了园外的一切。

那么鳞鳞比比的店房，那么密密接接的市招，那么耀耀煌煌的灯光，那么狭狭小小的街道，竟使你抬起头来，看不见明月，看不见星光，看不见一丝一毫的黑暗的夜天。她使你不知道黑暗，她使你忘记了这是夜间。啊，这样的一个"不夜之城！"

"不夜之城"的巴黎，"不夜之城"的伦敦，你如果要看，你且去歌剧院左近走着，你且去辟加德莱园散步，准保你不会有一刻半秒的安逸；你得时时刻刻地担心，时时刻刻地提防着，大都市的灾害，是那么多，每个人都是匆匆地走马灯似的向前走，你也得匆匆地走；每个人都是紧张着，矜持着，你也自然会紧张着，矜持着。你假如走惯了黄昏时候的观前街，你在那里准得是吃大苦头。除非你已将老脾气改得一干二净。你假如为店铺中的窗中的陈列品所迷住了，譬如说，你要站住了仔仔细细地看一下，你准得要和后面的人猛碰一下，他必定要诧异地望望你，虽然嘴里说的是"对不起"。你也得说"对不起"，然而你也饱受了他，以致他们的眼光的奚落。你如走到了歌剧院的阶前，你如走到了那尔逊的像下，你将见斗大的一个个市招或广告牌，在闪闪发光；一片的灯光，映射得半个天空红红的。然而那里却是如此的开朗敞阔，建筑物又是那么的宏伟，人虽拥挤，却是那样的藐小可怜，Taxi 和 Bus 也如小虫蚁似的，入红蚁似的在一连串地走着。大半个天空是黑漆漆的，几颗星在冷冷地眯着眼看人。大都市的荣华终敌不住黑夜的侵袭，你在那里，立了一会儿，只要一会儿，你便将完全地领受到夜的凄凉了。像观前街那样的燠暖温馥之感，你是永远得不到的。

你在那里是孤单的，是寂寞的，算不定会有什么飞灾横祸光临到你身上，假如你要一个不小心。像在观前街的那么舒适无虑的亲切的感觉，你也是永远不会得到的。

有观前街的燠暖温馥与亲切之感的大都市，我只见到了一个威尼斯；即在威尼斯的 St.Mark 广场的左近。那里也是充满了闲人，充满了紧压在你身上的燠暖的情趣的；街道也是那么狭小，也许更要狭，行人也是那么拥挤，也许更要拥挤，灯光也是那么辉辉煌煌的，也许更要辉煌。有人口口声声地称呼苏州为东方的威尼斯；别的地方，我看不出，别的时候，我看不出，在黄昏时候的观前街，我却深切地感到了。——虽然观前街少了那么宏丽的 Piazza of St.Mark，少了那么轻妙的此奏彼息的乐队。

昭 君 墓

早晨刚给你一信，现在又要给你写信了。

上午九时半早餐后，出发游昭君墓。墓在绥远城南二十里。希白、雷小姐他们都骑马去。我因为没有骑过马，只好坐骡车。车很干净，三面皆为黑色的纱窗。但道路崎岖不平，车轴又无弹簧，身体颠簸得厉害。双手紧握着车窗或车门，不敢一刻疏忽。一疏忽，不是头被撞痛，便是手臂或腿部嘭的一声，被撞在车门上。有时，猛烈一撞，心胆俱裂，百骸若散。妤在车轮很高，相距亦阔，还不至演出覆车的危险。有马队四人，带了手提机枪，来保护我们；因为前日城内出过抢案。骡夫走得很慢，骑马的人不时地休息下来等着我们。十时三刻，才到小黑河。水不深，还不到尺。十一时一刻，到民丰渠。浊流湍急，不测深浅，渡河时，人人皆惴惴危惧。一个从者的马匹倒了下去，骑者浑身俱湿。幸渠身不大宽，河水也至多只有两尺多深。大家都不曾再出危险。骡车也安稳地渡过。据说，春时，汽车可达。此时水深，除马及骡车外，无法渡过。十一时三刻到昭君墓。墓甚高，据说有二十丈，周围数十亩。土色特黑，草色青翠，多半是香蒿，高及人腰，香味极烈。墓前列碑七八座，最古者为道光十一年长白升演所书之"汉明妃冢"及他的碑阴的题诗。次有道光十三年长白、珠澜的碑。次有戊申年耆英的碑。此外皆民国时代的新碑。民国十二年（1923年）立的马福祥的墓碑云：《辽史·地理志》："丰州下则曰青冢，即王昭君墓。"据此则昭君墓之在丰州，已无疑义。又考清初张文端《使俄行程录》云："归化城南直书有青冢，冢前石虎双列，白石狮子仅存其一，光莹精工，必中国所制，以赐明妃者也。又有绿琉璃瓦砾狼藉，似享殿遗址。"民国十九年（1930年）冯曦的一碑，最为重要。

"岁庚午，清明后十日，海础李公召集军政各长议定植树冢右。始掘土获梵文经卷，随风湮灭。既而石虎，木柱现，而零星璃瓦，碧苔叠篆，犹不可更仆数。知古人于冢有实右大招提在。"

冯氏所推测的大致很对，张氏所云，享殿遗址，必是大招提的遗址无疑。"中国所制，以赐明妃者也。"语尤无根。唯清初已破败至此，则此遗址至晚必为辽金时代的遗物。惜未获碑文，无从断定。但此冢孤耸于平原上，势颇险峻，如果不是古代一个瞭望台，则也许是一个古墓。至于是否昭君之墓。则不可知了。他日也许能够发掘一次以定之。此望台或古墓的时代当较右有的庙宇为古。石虎一只，今尚倒在田垄间，极粗朴，似非名贵之物。昭君墓，包头附近尚有一座（闻西陲更有一座）。依常理推之，汉时归绥，尚为中土，明妃绝不会葬在这个地方的。但青冢之说，唐人的《王昭君变文》里已提及之，有"青冢寂辽，多经岁月"的话。元人马致远有"沉黑水明妃青冢恨，破幽梦孤雁汉宫秋"一剧，黑水青冢，皆见于此。冢南的大黑河殆即所谓黑水（《元曲选》说白中，指黑水为黑龙江，万无是理）。其后明人的《和戎记》《青冢记》诸传奇也都坐实青冢之说。究竟有此富于诗意的古址，留人凭吊，也殊不恶。休息了一会儿，即登冢上。仅有小路，沿山边而上，宽仅容足，一边即为壁立数丈的空际。"一失足成千古恨"，走时，很小心。半山有极小的大仙祠一所。据说，中为一洞，甚深。从前游人们常从大仙借碗汲水喝，今已不能借到了，闻之，为之一笑。冢上白土披离，似为雨冲刷的结果。仅有此方丈之地不生草。四边仍为黑土及绿草。南望，即大黑河，今已枯浅。北望大青山脉，绵延不断，为归绥的天然屏障。西北方即归绥的新旧城所在。太阳光很猛烈。徘徊了一会儿，方下山。在碑阴喝水，吃轻便的午饭。我先坐骡车走。骡夫说，青冢一日有三变，一变似馒头，再变为盖碗。第三变则他已忘记了。骡夫为一老头儿，他说，现年五十六岁，十余岁时已业此，至今已四十余年了。他慨叹地道："前清的生意好做，民国时是远不如前了。洋车抢了不少生意去。"他似对一切新事物都抱不惯。有自行车经过，骡为所惊。他便咒诅不已。他又说："这车已经三天不开张了。"我问他："是你自己的车吗？"他说："不，我替人赶的；买卖实在不好做。每月薪水两元，吃东家的，有时，客人们赐个一毛五分的。东家一天得费五毛钱养车。净赔。卖了也没人要。从前有七八百辆，如今只存两百九十多辆了。"他脸上满是烟容。我问他："你吃烟吗？"他点点头。"一个月两块钱的工钱，如何够吃烟？"他道："对付着来。"

骡车在入城的道上，因骡惊，踢翻了一个水果担子。他道："不要紧，我赔，我赔。"结果赔了一毛钱。他似毫不容心的，还是笑着。水果贩子还要不依. 我阻止了他。骡夫却始终从容而迂缓，若不动心的。等到回到公医院，我给了三毛钱的赏钱。

"是给我的吗？"他有点儿惊诧。

"给你做赏钱。"

他现了笑容，谢了又谢，显出感激的样子。

这可爱的人呀！世事在他看来，是怎样简朴而无容思虑。

回望昭君墓，仅见如三角台形似的一堆绿色土阜。同行的王副官说，这青冢，冬天草枯时，也并不显出土色，远望仍是青的。

这一天实在是太辛苦了。为了这么一个土阜或古墓，实在不值得写这封信。但又不能不对你诉苦。双腿为了支配的不得当，或盘膝，或伸直，直被颠簸得走路都抬不起来，软软的好像大病方愈。

最后，还有一件事要说。到昭君墓去的途中，见有不少德政碑。又有禧神庙一所，在路右，已破烂不堪，为乞丐们所占据。然在门外望之，神像虽已不存，而两壁的壁画颇佳，皆清代衣冠，作迎亲送亲的喜祥之进行队，是壁画中所仅见者。

八月十六日下午六时发

云　冈

　　云冈石窟的庄严伟大是我们所不能想象得出的。必须到了那个地方，流连徘徊了几天，几月，才能够给你以一个大略的、美丽的轮廓。你不能草草的、浮光掠影地跑着、走着看。你得仔细地去欣赏。猪八戒吃人参果似的一口吞下去，永远的不会得到云冈的真相。云冈绝不会在你一次两次过访之时，便会把整个的面目对你显示出来的。每一个石窟，每一尊石像，每一个头部，每一个姿态，甚至每一条衣襞，每一部的火轮或图饰，都值得你仔细地流连观赏，仔细地远观近察，仔细地分析研究。七十丈、六十丈的大佛，固然给你以宏伟的感觉，即小至一丈两丈，两寸三寸的人物，也并不给你以渺小不足观的缺憾。全部分的结构，固然可称是最大的一个雕刻的博物院，即就一洞、一方、一隅的气氛而研究之，也足以得着温腻柔和，慈祥秀丽之感。它们各有一个完整的布局。合之固极繁赜富丽，分之亦能自成一个局面。

　　假若你能够了解，赞美希腊的雕刻，欣赏雅典处女庙的"浮雕"，假若你会在 Venus de Melo 像下，流连徘徊，不忍即去，看两次、三次、数十次而还不知满足者，我知道你一定能够在云冈徘徊个十天八天、一月二月的。

　　见到了云冈，你就觉得对于下华严寺的那些美丽的塑像的赞叹，是少见多怪。到过云冈，再去看那些塑像，便会有些不足之感——虽然并不会以他们为变得丑陋。

　　说来不信，云冈是离今一千五百年前的遗物呢；有一部分还完好如新，虽然有一部分已被风和水所侵蚀而失去原形，还有一部分是被斫下去盗卖了。

那么被自然力或奸人们所破坏的完整部分，还够得你赞叹欣赏的，且仍还使你有应接不暇之慨。入了一个佛洞，你便有如走人宝山，如走到山阴，珍异之多，山川之秀，竟使你不知先拾哪件好，先看哪一方面好。

曾走入一个大些的佛洞，刚在那里仔细地看大佛的坐姿和面相，忽然有一个声音叫道：

"你看，那高壁上的侍佛是如何的美！"

刚刚回过头去，又有一个声音在叫道：

"那门柱上的金刚（？），有五个头的如何的显得力和威！还有那无名的鸟，躯体是这样的显得有劲！"

"快看，这边的小佛是那么恬美，座前的一匹马，没有头的，一双前腿跪在地上，那姿态是不曾在任何画上和雕刻上见到呢。"

"啊，啊，一个奇迹，那高高的壁上的一个女像，手执了水瓶的，还不活像是亚述利亚风的浮雕吗？那扁圆的脸部简直是亚述帝国的浮雕的重现。"

这样的此赞彼叹，我怎样能应付得来呢！赵君执着摄影机更是忙碌不堪。

但贪婪的眼和贪婪的心是一点儿不知疲倦的；看了一处还要再看一处，看了一次，还要再看一次。

云冈石窟的开始雕刻，在公元四五三年（魏兴安二年）。那时，对于佛教的大迫害方才除去，主张灭佛法的崔浩已被族诛。僧侣们又纷纷地在北朝主者的保护下活动着。这一年有高僧昙曜，来到这武周山的地方，开始掘洞雕像。昙曜所开的窟洞，只有五所。后来成了风气，便陆续地扩大地域，增多窟洞。佛像也愈雕愈多，愈雕愈细致。

《魏书·释老志》云："太安初，有狮子国胡沙门、邪奢、遗多、浮慆、难提等五人，奉佛像三，到京师，皆云备历西域诸国。见佛影迹及肉髻，外国诸王相承，咸遣工匠摹写其容，莫能及难提所造者。去十余步，视之炳然，转近转微。又沙勒湖沙门赴京师致佛钵及画像迹。初昙曜以复佛法之明年（兴安二年，453 年），自中山被命赴京。帝后奉以师礼。昙曜白帝，于京城西武州塞凿山石壁，开窟五所，镌建佛像各一，高者七十尺，次六十尺，雕饰奇伟，冠于一世。"

又云："皇兴中，又构三级石佛图，椽栋楣楹，上下重结，大小皆石。高十丈，镇固巧密，为京华壮观。"（均见卷一百十四）

又《续高僧传》云："元魏北台恒北石窟通乐寺沙门解昙曜传：释昙曜，未详何许人也。少出家，摄行坚贞，风鉴闲约。以元魏和平年，任北台昭元统，绥辑僧众，妙得其心。住恒安石窟通乐寺，即魏帝之所造也。去恒安西北三十里，武州山谷，北面石崖，就而镌之，建立佛寺，名闫灵岩。龛之大者，举高二十余丈，可受三千许人，面别镌像，穷诸巧丽，龛别异状，骇动人神。栉比相连，三十余里。东头僧寺恒供千人，碑碣见存，未卒陈委。先是太武皇帝太平贞君七年，司徒崔浩，令帝崇重道士寇谦之，拜为天师，珍敬老氏，虐刘释种，焚毁寺塔。至庚寅年，太武感致疠疾，方始开始。帝既心悔，诛夷崔氏。至壬辰年，太武云崩，子文成立，即起塔寺，搜访经典。毁法七载，三宝还兴。曜慨前陵废，欣今重复（以和平三年壬寅）。故于北台石窟，集诸德僧，对天竺沙门译付法藏传，并净土经，流通后贤，意存无绝。"（卷一）

然这二书之所述，已可见开窟雕像的经过情形，不必更引他书。唯《续高僧传》所云："栉比相连，三十余里。"未免邻于夸大。武州山根本便没有绵延到三十余里之长。至多不过五六里长。还是《魏书·释老志》所述"开窟五所"的话，最可靠。但昙曜开辟了此山不久，此山便成了皇家崇佛的圣地。在元魏迁都之前，《魏书》屡纪皇帝临幸武州山石窟寺之事。

《魏书·显祖记》："皇兴元年八月丁酉，行幸武州山石窟寺。"(467年) 以后又有七八次。

又《魏书·高祖记》："太和四年八月戊申，幸武州山石窟寺。"

以后又有三次。

但也不仅皇家在那里开窟雕像；民间富人们和外国使者们也凑热闹在那里你开一窟，我雕一像的相竞争。就连日所得的碑刻看来，西头的好几个洞，都是民间集资雕成的。这消息，足征各洞窟的雕刻所以作风不甚相同之故。因此，不久之后，武州山便成了极热闹的大佛场。

《水经注》"灅水"条下注云：

> "其水又东北流注武州川水，武州川水又东南流。水侧有石
> 祇洹舍，并诸窟室，比丘尼所居也。其水又东转径灵岩，凿石开山，
> 因岩结构，真容巨壮，世法所希。山堂水殿，烟寺相望，林渊锦镜，
> 缀目新眺，川水又东南流出山。《魏土地记》曰：平城西三十里，
> 武州塞口者也。"

案《水经注》撰于后魏太和，去寺之建，不过四五十年，而已繁盛至此。所谓："山堂水殿，烟寺相望，林渊锦镜，缀目新眺。"绝不是瞎赞。

《大清一统志》引《山西通志》："石窟十寺，在大同府治西三十里，

元魏建，始神瑞，终正光，历百年而工始完。其寺，一同升，二灵光，三镇国，四护国，五崇福，六童子，七能仁，八华严，九天宫，十兜率。内有元载所修石佛十二龛。"那十寺不知是哪一代的建筑。所谓元载云云，到底指的是元代呢，还指的是唐时宰相元载？或为元魏二字之误吧？云冈石刻的作风，完全是元魏的，并没有后代的作品掺杂在内。则所谓元载一定是元魏之误。十寺云云，也不会是虚无之谈。正可和《水经注》的"山堂烟寺相望"的话相证。今日所见，石窟之下，是一片的平原，武州山的山上也是一片的平原，很像是人工：所开辟的；则"十寺"的存在，无可怀疑。今所存者，仅一石窟寺，乃是清初所修的，石窟寺的最高处，和山顶相通的，另有一个古寺的遗构。惜通道已被堵塞，不能进去。又云冈别墅之东，破坏最甚的那所大窟，其窟壁上有石孔累累，都是明显的架梁支柱的遗迹。此窟结构最为宏伟，难道便是《魏书·释老志》所称"皇兴中，又构三级石佛图"的故址所在吗？这是很有可能的。今尚见有极精美的两个石柱耸立在洞前。

　　经我们三日（十一日到十三日）地奔走周览，全部武州山石窟的形势，大略可知。武州山因其山脉的自然起讫，天然分为三个部分；每一部分都可自成一局面。中有山涧将他们隔绝开。如站在武州河的对岸望过去，那脉络的起讫是极为分明的。今人所游者大抵只为中部；西部也间有游者，东部则问津者最少。所谓东部，指的是，自云冈别墅以东的全部。东部包括的地域最广，惜破坏最甚，沿窟也较为零落。中部包括今日的云冈别墅、石窟寺、五佛洞，一直到碧霞宫为止。碧霞宫以西便算是西部了。中部自然是精华所在。西部虽也被古董贩者糟蹋得不堪，却仍有极精美的雕刻物存在。

　　我们十一日下午一时二十分由大同车站动身，坐的仍是载重汽车。沿途道路，因为被水冲坏得太多，刚刚修好，仍多崎岖不平处。高坐在车上，被颠簸得头晕心跳。有时，猛然一跳，连座椅都跳了起来。双手紧握着车上的铁条或边栏，不敢放松一下，弄得双臂酸痛不堪。沿武州河而行。中途憩观音堂。堂前有三龙壁，应是明代物。驻扎在堂内的一位营长，指点给我们看道："对山最高处便是马武塞，中有水井，相传是汉时马武做强盗时所占据的地方。"惜中隔一水，山又太高，不能上去一游。

三十华里的路，足足走了一个半钟头。渡过武州河两次，因汽车道是就河边而造的。第一次渡过河后，颉刚便叫道：

"云冈看见了！那山边有许多洞窟的就是。"

大家都很兴奋。但我只顾着坚握铁条，不遑探身外望，什么也没有见到；一半也因坐的地方不大好。

"看见佛字峪了，过了石窟寒泉了。"颉刚继续地指点道，他在三个月之前刚来过一次。

啊，啊，现在我也看见了，云冈全景展布我们之前。几个大佛的头和肩也可远远地见到。我的心是怦怦地急跳着。想望了许久的一千五百年前的艺术的宝窟，现在是要与它相见了！

三时到云冈。车停于石窟寺东邻的云冈别墅。这别墅是骑兵司令赵承绶氏建的。这时，他正在那里避暑。因为我们去，他今天便要回大同，让给我们住几天。这里，一切的新式设备俱全——除了电灯外。

这一天只是草草地一游。只到石窟寺（一作大佛寺）及五佛洞走走。别的地方都没有去。

登上了大佛寺的三层高楼，才和这寺内的一尊大佛的头部相对。四周都是黄的、红的、蓝的彩色，都是细致的小佛像及佛饰。有点儿过于绚丽失真。这都是后人用泥彩修补的，修得很不好，特别是头部，没有一点儿是仿得像原形的。看来总觉得又稚又弱又猥琐，毫没有原刻的高华生动的气势。这洞内几乎全部是彩画过的，有的原来未毁坏的，其真容也被掩却。想来装修不止一次。最后的一次是光绪十七年兴和王氏所修的。他"购买民院地点，装彩五佛洞，并修饰东西两楼，金装大佛全身"，不能不说与云冈有功，特别是购买民地，保存石窟的一事。向西到五佛洞，也因被装修彩绘而大失原形，反是几个未被"装彩"过的小洞，还保全着高华古朴的态度。

　　游五佛洞时，有巡警跟随着。这个区域是属于他们管辖的；大佛寺的几个窟，便是属于寺僧管辖的。五佛洞西的几个窟，有居民，可负保管之责。再西的无人居的地方，便真索性用泥土封了洞口，在洞外写道："内有手榴弹，游者小心！"一类的话。其实没有。被封闭的无人看管的若干洞，也尽有好东西在那里。据巡长说，他们每夜都派人在外巡察.此地现已属于古物保管会管辖，故比较的不像从前那样容易被毁坏。

　　五佛洞西，有几尊大佛的头部，远远的可望见。很想立刻便去一游。但暮色渐渐地笼罩上来，像在这古代宝窟之前，挂上了一层纱帘。我们只好打断了游兴，回到云冈别墅。

　　武州山下，靠近西部，为云冈堡，一名下堡，堡门上有迎薰、怀远二额，为万历十四年所立。云冈山上还有一座土城屹立于上，那便是云冈堡的上堡。明代以大同为重镇，此二堡皆为边防兵的驻所。

　　晚餐后，在别墅的小亭上闲谈。东部的大佛窟，全在眼前。那两个立柱还朦朦胧胧地可见到。忽听得山下人家有击筑奏筝及吹笛的声音；乐声呜呜托托的，时断时续。我和颉刚及巨渊寻声而往。听说是娶亲。正在一个古洞的前面，庭际搭了一个小棚，有三个音乐家在吹打。贺客不少。新娘盘膝坐在炕上。

在这古窟宝洞之前，在这天黑星稀的时候，在当前便是一千五百年前雕刻的大佛，便是经历了不知多少次的人世浩劫的佛室，听得了这一声声的呜呜托托的乐调，这情怀是怎样可以分析呢？凄婉？眷恋？舒畅？忧郁？沉闷？啊，这飘荡着的轻纱似的无端的薄愁呀！啊，在罗马斗兽场见到黑衫党聚会，在埃及的金字塔下听到土人们作乐，在雅典处女庙的古址上见旅客们乘汽车而过，是矛盾？是调和？这永古不能分析的轻纱似的薄愁的情怀！

归来即睡。入睡了许久，中夜醒来，还听见那梆子的托托和笛声的呜呜。他们是彻夜地在奏乐。

十二日一早，我性急，便最先起身，迎着朝暾，独自向东部去周览各窟。沿着大道（这是骡车的道）向东直走，走过石窟寒泉，走过一道山涧，走过佛字峪。愈向东走，石窟愈少愈小。零零落落地简直无可称道。山涧边，半山上有几个古窟，攀登了上去一看。那些窟里是一无所有。直走到尽头处，然后再回头向西来，一窟一窟地细看。

最东的可称道的一窟，当从"左云交界处"的一个碑记的东边算起。这一窟并不大。仅存一坐佛，面西，一手上举，姿态尚好，但面部极模糊，盖为风霜雨露所侵剥的结果。

窟的前壁，向内的一部分，照例是保存得最好的，这个所在，非风势雨力所能侵及，但也一无所有，刀斧斫削之痕，宛然犹在。大约是古董贩子的窃盗的成绩。

由此向西，中隔一山洞，地势较低，即"左云交界处"。道旁零零落落的，小佛窟不少。雕刻的小佛随处可见。一窟内有较大的立佛二，但极模糊。窟西，有一小窟，沙土满中，一破棺埋在那里，尸身的破蓝衣已被狗拖出棺外，很可怕。然此窟小佛像也有不少，窟外壁上有明人朱廷翰的题诗，字很大。由此往西，明人的题刻不少，但半皆字迹剥落，不堪卒读。在明代，此处或有一大庙，为入云冈的头门，故题壁皆萃集于此。

西首有二洞，上下相连，皆被泥土堵塞，想其中必有较完好的佛像。一大窟，在其西邻，也已被堵塞，但从洞外罅隙处，可见其中彩色黝红，极为古艳，一望而知，是元魏时代所特有的鲜红色及绿色，经过了一千五百余年的风尘所侵所曝的结果，绝不是后代的新的彩饰所能冒充得来的．徒在门外徘徊，不能入内。这里便是所谓"石窟寒泉"。有一道清泉，由被堵塞的窟旁涓涓地流出，流量极微。窟上有"云深处"及"山水清音"二石刻，大约也是明人的手笔。

西边有一洞，可入。洞中有一方形的立柱，高约八尺。一佛东向阳花，一佛西向，又一佛西南向，皆模糊不清。西南向者且为泥土所修补的，形态全非。所雕立的、坐的、盘膝的小佛像甚多，但不是模糊，便是头部或连身部俱被盗去。

再西为碧霞洞（并非原名，疑亦明人所题），窟门有六，规模不小。窟内一物无存，多斧凿痕，当然也是被盗的结果。自此以西，便没有石刻可见。颇疑自"左云交界处"向西到碧霞洞，原是以石窟寒泉那个大窟的中心的一组的石洞。在明代，大约这里是士人们来往最为繁密的地方，或窟下的平原上，本有一所大庙，可供士大夫往来住宿的。然今则成为云冈最寥落、最残破的一部分了。

碧霞洞以西，是另成一个局面的结构。那结构的规模的宏伟，在云冈诸窟中，当为第一。数十丈的山壁上，凿有三层的佛像，每层的中间，皆有石孔，当然是支架梁木的所在。故这里，在从前至少是一所高在三层以上的大梵刹。颉刚说："这里便是刘孝标的译经台。"正中是一个大佛窟，窟前有二方形立柱，虽柱上雕刻皆已模糊不可辨识，那希腊风的人形雕柱的格局却是一看便知的。大窟的两旁，各有一窟，规模也殊不小。和这东西二窟相连的，更有数不清的小窟小龛。惜高处无法攀缘而上，只能周览最下层的一部分。

一进了正中的那个大窟，霉土之气便触鼻而来；还夹着不少鸽粪的特有臭味，脱落的鸽翎，满地都是。有什么动物，咕咕咕地在低鸣着。拍拍的一扑着翼，成群地飞了出来，那都是野鸽。地上很潮湿，积满了古尘、泥屑和石屑。阴阴的，温度很低冷，如入了地下的古墓室。但一抬起头来，却见的是耀眼的伟大的雕刻物。正中是一尊大佛，总有六十多尺高，是坐像。旁有两尊菩萨的大像，侍立着。诸像腰部以下皆剥落不堪，连形态都不存。但上半身却仍是完好如新。那头部美妙庄严，赞之不尽。反较大佛寺、五佛洞诸大佛之曾经修补者为更真朴可爱。这是东部唯一的一尊大佛。但除此三大像外，这大窟中是空无所有，后壁及东西壁皆被风势及水力或人工所削平，连半点儿模糊的雕像的形状都看不到。壁上湿漉漉，一抹便是一手指的湿的细尘。窟口的向内的壁上，也平平的不存一物，唯一条条的极整齐的斧凿痕还很清显地在那里，一定是近十余年来人工破坏的遗迹。

东边的一窟，其中也被破坏得无一物存在。地上堆积了不少的由壁上脱落下来的石块，被古尘沾满，和泥土成了同色。大约不是近数十年来之所为的。

西边的一窟，虽也破败不堪，却还有些浮雕可见到。副窟小龛里，遗物还不少。这西窟的东壁为泥土所堵塞，西壁及南壁，浮雕尚有规模可见。窟顶上刻有"飞天"不少。那半裸体着在空中飞舞着的姿态，是除了希腊浮雕外，他处少见的，肉体的丰满柔和，手足腰肢的曲线的圆融生动，都不是东方诸国的古石刻上所有的。我抬了头，站在那里，好久没有移开。有时，换了一个方向看去。伹无论在哪个方向看去，那美妙、圆融的姿态总是令人满意、赞赏的。

由此窟向西，可通另一窟，也是一个相连的副窟。我们可称它为西窟第二洞。洞中有三尊坐佛，皆盘膝而坐。这个布置，在诸窟中不多见。东壁的浮雕皆比较的完整。后壁及西壁则皆模糊不堪。

如果把这以大佛窟为中心的一组洞窟恢复起来，其宏伟有过于其西邻的大佛寺的。可惜过于残破，要恢复也不可能。我疑心《魏书·释老志》上所说，皇兴中构的三级石佛图，其遗址便在此处。此地曾经住人，近代建的窖式的穿形洞尚存数所。

由此向西，不多数步，便是一道山涧，或小山峡，隔开了云冈别墅和这大佛窟的相连。

从云冈别墅开始向西走，便是中部。

中部又可分为五个部分来说。

我依旧是独自一个人由云冈别墅继续向西走；他们都已出发到西头去逛了。

第一部分是云冈别墅。别墅的原址是否为一大洞窟，抑系由平地填高了的，今已不能查考。但别墅之后，今尚有好几个石窟，窟内有一佛的，有二佛对坐的，俱被风霜侵蚀得不成形体。小雕像也几乎无存。但在那些洞窟中，还堆着不少烧泥的屋瓦和檐饰。显然的这别墅的原址，本是一座小庙。或竟是连合在大佛寺中的一个东偏院。惜不及详问大佛寺的住持以究竟。那些佛窟，绝不能独立成为一组，也当是大佛寺的大佛窟的东边的几个副窟。但为方便计，姑算它作中部的第一部分。

第二部分包括大佛寺内的两个大窟。这两窟的前面，各有一楼，高各三层，第三层上有游廊可相通达。三楼之上，更有最高的一层，仿佛另有梯级可通，却寻不到。前面已经说过，大约是较此楼更古的一个建筑物。

第一窟通称为大佛殿；殿前有咸丰辛酉重修碑，有不知年月满文碑，有同治十二年及光绪二年的满文碑。又有明万历间吴氏的一个刻石。更无古者。

入殿后，冷气飕飕由窟中出。和尚手执一把香燃点起来，为照看雕像之用。楼下一层很黑暗，非用火光，看不到什么，正中是一尊大佛，高约六十尺，身上都装了金。四壁浮雕，都被涂饰上新的彩色。且凡原像模糊不清，或已失去之处，皆一一以彩泥为之补塑。怪不调和的。第二层楼上，光线较好，壁上也多半都有是彩泥的塑像。站在这楼，正对大佛的胸部。到了三层楼上，方才和大佛的头部相对。大佛究竟还完好，故虽装了金，还不失其美妙慈祥的面姿。

第二窟俗称如来殿。窟中也极黑暗，结构和大佛殿大不相同。正中是一个方形立柱，每一面有一立佛，像支柱似的站着，柱上雕得极细。但有一佛，已毁，为彩泥所补塑。北壁为泉水所侵害，仅模糊可辨人形。东西壁尚完好，修补较少，较大佛殿稍存原形。登上了三楼，有一木桥可通那四方柱的第二层。这一层雕刻的是四尊坐佛，四边浮雕极多，皆是侍像及花饰，有极美者。

这立方柱当是云冈最完好的最精致的一个。

第三部分包括所谓"弥勒殿"及佛籁洞的二窟；这二窟介于大佛寺和五佛洞之间，几成了瓯脱之地，无人经管。弥勒殿前有额曰："西来第一山"。为顺治四年马国柱所题。那结构又自不同。正壁有二佛对坐着，像在谈经。其上层则为三尊佛像。其东西二壁各有八佛龛；每龛的帏饰，各有不同：都极生动可爱。有的是圆帏半悬，有的是绣带轻飘，无不柔软圆和，一点儿石刻的生硬之感也没有。顶壁的"飞天"及莲花最为完整。六朵莲花，以雕柱隔为六部。每一朵莲花，四周皆绕以正在飞行的半裸体的"飞天"，隔柱上也都雕刻着"飞天"。总有四十位"飞天"，那姿态却没有一个相同的；处处都是美，都是最圆融的曲线。那设计和雕工是世界上所不多见觏的。更好的是这窟中的雕像，全为原形，未经后人涂饰。

佛籁洞在其西，破坏已甚。观其结构的形势，当和弥勒殿完全相同。唯无后殿，规模较小。正中的一佛，为后人用彩泥补塑的。原来，照其佛龛的布置及大小，当也是二佛对坐谈经的姿态。

此殿前面，本来有楼，已塌毁。窟门在左右，一边有五头佛，一边有三头佛，都显出有威力和严肃的样子，似是把守门口的神道们，同时用来做支柱的。窟外壁上，有浮雕的痕迹甚多，惜剥落殆甚，极为模糊。以上二窟，似也为大佛洞的西首的副窟。

第四部分就是俗称的五佛洞；不知为什么这五佛洞保护得格外周密。有巡警室在其口外。游人人内，必有一警士随之而入。其实，这一部分被装修涂改得最厉害，远不及弥勒殿和如来殿的天然秀丽。

说是五佛洞，其实却有六个大窟。最东的一窟，分隔为三进。结构甚类大佛殿。正中有大佛一，高亦有五十余尺，尚完好。后壁低而潮湿，雕像毁败已甚，前窟的许多浮雕都被涂饰得不成形状。但也有尚存原形的。

西为第二窟，结构略同前窟，大佛已毁去。到处都是新修新饰的色彩。唯高处的飞天及立佛尚有北魏的典型。

再西为第三窟，内部较小，结构同如来殿，中为一方形立柱，一方各雕着一佛。四壁皆新修新饰者，原有浮雕皆被彩泥填平，几乎是整个重画过。

再西为第四窟，较大，有两进，外进有四支塔形的支柱，极挺秀，尚未失原形。第二进则完全被涂饰改造过。疑其结构本同弥勒殿，正中的佛龛，原分上下二层，上层为三佛，下层为二坐佛。但今则上下二龛都仅坐着泥塑的二佛，以三佛及二佛的宽敞的地位，安置了一佛，自然要显得大而无当。再西为第五窟，结构同大佛殿。大佛高约五十尺，盘膝而坐，四壁多为新修饰的彩色泥像。

又西为第六窟。此窟内部已全毁，空无所有，故后人修补，亦不及之。仅窟门的内部，浮雕尚完好。西边即为一道泥墙，和寺外相隔绝。但此窟的外壁，小佛龛颇多，有几尊尚完整的佛像，那坐态的秀美，面姿的清俊，是诸窟内所罕见的。惜头部失去得太多。

再往西走，要出大佛寺，绕过五佛洞的外墙，才是中部的第五部分。这一部分的雕像，我认为最美好，最崇高；却没有加以保护，任其暴露于天空，任其夷为民居，任其给农民们作为存放稻草及农具之处所。其尚得保存到现在的样子，实在是侥幸之至。到这几个佛教窟去，我们都得叩了农民们的大门进去。有时，主人不在家，便要费了大事。有一次，遇到一个病人，躺在床上起不来，没法开门，只好不进去，直等到第二次去，方才看到。

这一部分的第一大窟亦为一大佛洞，洞中有大佛一，高在六十尺以上，远远的便可望见其肩部及头部。壁上的浮雕也有一部分可见到。洞门却被泥壁所堵塞，没法进去。此窟东边，有两小窟，最东一窟有二坐佛，对坐谈经，却败坏已甚。较近的一窟也被堵塞。隐隐约约；看见其中的彩色古艳的许多浮雕，心怦怦动，极力要设法进去一看而不可能。窟外数十丈的高壁上满雕着小佛像，不知共几千几百。功力之伟大，叹为观止矣！

向西为第二大窟。这一窟，也在民居的屋后，保存得甚好。正中为一座大佛，高亦在六十尺左右。两壁有二壁像，一立一坐。此二像的顶上，其"宝盖"却是雕成像戏院包厢似的，三壁的浮雕，也皆完好。

再西也为一大窟（第三窟）。正中一大佛为立像，高约七十尺，体貌庄严之至。袈裟半披在身上；而袈裟上却刻了无数的小佛像，像虽小而姿态却无粗率草陋者。两旁有四立佛。东壁的二立佛间，诸雕像都极隽好。特别是一个披袈裟而手执水瓶的一像，面貌极似亚述利亚人，袈裟上的红色，至今尚新艳无比。这一像似最可注意。

窟门口的西壁上，有刻石一方，题云："大茹茹……可登□□斯□□□鼓之□尝□□以资征福。谷浑□方妙□"每行约十字，共二十余行，今可辨者不到二十字耳。然极重要。大茹茹即蠕蠕国。这在魏的历史上是极重要的一个发现。茹茹国竟到云冈来雕像求福，这可见此地在不久时候，便已成了东亚的一个圣地了。

再西为第四大窟。破坏最甚。一大佛盘膝而坐，曝露在天日中。左右有二大佛龛，尚有一两壁的浮雕还完好。因为此处光线较好，故游人们都在此大佛之下摄影。据说，此像最高，从顶至踵，有七十尺以上。

再西为第五大窟，亦有一大坐佛，高约六十尺。东西壁各有一立佛。西壁的一佛已被毁去。

由此再往西走，便都是些小像小龛了；在那些小龛小像里，却不时地可发现极美丽的雕刻。各像坐的姿态，最为不同，有盘膝而坐者，有交膝而坐者，有一膝支于他膝上，而一手支颐而坐者，处处都是最好的雕像的陈列所。惜头部被窃者甚多，甚至有连整个小龛都被凿下的。

到了碧霞宫止，中部便告了段落。碧霞宫为嘉庆十年所修，两壁有壁画，是水墨的，画得很生动。

颇疑中部的第五部分的相连续的五个大窟，便是昙曜最初所开辟的五窟。五尊大佛像是昙曜时所雕刻的，其壁上及前后左右的浮雕及侍像，也许是当地官民及外国人所捐助的。也未必是一时所能立即完全雕刻好。每一个大窟，其经营必定是很费工夫的。无力的或力量小些的人民，便在窟外雕个小龛，或开辟一小窟，以求消灾获福。

西部是从碧霞宫以西直到武州山的尽西头处。山势渐渐地向西平衍下去，最西处，恰为武州河的一曲所拥抱着。

这一路向西走，共有二十多个洞窟，规模都不甚大。愈向西走，愈见龛小，且也愈见其零落，正和东部的东首相同。故以中部的第三部分，假设为昙曜最初所选择而开辟的五窟，是很有可能的，那地位恰在正中。

西部的二十余窟，被古董贩子斫去佛头不少。几个较好的佛窟，又都被堵塞住了，而以"内有手榴弹"来吓唬你。那些佛像，有原来的彩色尚完整存在者。坐佛的姿势，隽好者不少。立像的衣襞，有翩翩欲活的。在中段的地方，一连四个洞，俱被堵塞，而标曰"内有手榴弹"。西部从罅中望进去，那顶壁的色彩是那样的古艳可喜！

西邻为一大窟，土人说，内为一石塔。由外望之，顶壁的色彩也极隽美。再西有一佛龛，佛像已为风雨所侵剥，而龛上的悬帏却是细腻轻软若可以手揽取。

再西的各小窟及各龛则大都破败模糊，无足多述。

这样的匆匆地巡览了一遍，已经是过了一整天，连吃午饭的时间都忘记了。

把云冈诸石窟的大势综览了一下，如以中部的第五部分为中心，则今日的大佛寺、五佛洞和东部的大佛图的遗址，都是极宏大的另成段落后的一部分。

高到五十尺至七十尺的大佛，或坐或立的，计东部有一尊，中部的大佛寺有一尊，五佛洞现存二尊（或当有三尊，一尊已毁），连同中部的第五部分五尊，共只有九尊或十尊。《山西通志》所谓十二龛及一说的所谓的二十尊，都是不可靠的。

这一夜终夜的憧憬于被堵塞的那几个大窟的内容。恰好，第二天，赵司令来到了别墅。我们和他商议打开洞门的事。他说："那很容易，吩咐他们打开就是了。"不料和看守的巡长一商量，却有许多的麻烦。非会同大同县的代表、古物保管会的代表及本地的村长、村副眼同打开，眼同封上不可。说了许久，巡长方允召集了村长、村副去打开洞门，先打东部石窟寒泉的一洞。他们取了长梯，只拆去最高的墙头的一段。高高地站在梯头向下望，实在看不清楚。跳又跳不下去。这洞内是一座石塔，塔的背后有佛像。因为忙乱了半天，还只开了一个洞，便只好放弃了打开西部各洞的计划，一半也因为打开了，负责任太大。

十三日的下午，一吃过饭，便到武州山的山顶上去闲逛。从云冈别墅的东首山路走上去，不一会儿便到了"云冈东冈龙王庙斗母宫"，其中空无人居。过此，走入山顶的大平原。这平原约有数十顷大小，上有和尚的坟塔三座，一为万历时的，一为康熙时的，其一的铭志看不清了。有农人在那里种麦种菜。我们又向西走，进入云冈堡的上堡，堡里连一间破屋都没有，都夷为菜圃麦田，有一人裸了全身在耙地。望见远山上烽火台好几座绵延不断，前后相望。大概都是明代所建的。

再向西走，到了玉皇阁，那也是一个小庙，空无人居。由此庙向下走，下了山头，便是武州河边。"断岸千尺，江流有声"，正足以形容这个地方的景色。

下午四时，动身回大同，仍坐的载重汽车。大雨点已经开始落下。但不久便放晴。下了不过十多分钟的雨，不料沿途从山上奔流下来的雨水却成了滔滔的洪流，冲坏了好几处的大道。汽车勉强地冒险而过。

到了一个桥边，山洪都从桥面上冲下去，激水奔腾，气势极盛，成了一道浊流的大瀑布，轰轰隆隆之声，震撼得人心跳。被阻在那里，二十多分钟，这道瀑布方才势缓声低，汽车才得驶过。

没有经过这种情形的，简直想不到所谓"山洪暴发"的情形是如何的可怕。

过了观音堂，汽车本来是在干的河床上走的，这次却要在急水中走着了。

七月十三夜十二时半寄于大同

韬奋的最后

韬奋的身体很衰弱，但他的精神却是无比的踔厉。他自香港撤退，尽历了苦辛，方才到了广东东江一带地区。在那里住了一时，还想向内地走。但听到一种不利于他的消息，只好改道到别的地方去。天苍苍，地茫茫，自由的祖国，难道竟摈绝着他这样一位为祖国的自由而奋斗的子孙吗？

他在这个时候，开始感觉到耳内作痛，头颅的一边，也在隐隐作痛。但并不以为严重。医生们都看不出这是什么病。

他要写文章，但一提笔思索，便觉头痛欲裂。这时候，他方才着急起来，急于要到一个医诊方便的地方就医。于是间关奔驰，从浙东悄悄地到了上海。为了敌人们对于他是那样的注意，他便不得不十分的谨慎小心。知道他的行踪的人极少。

他改换了一个姓名，买到了市民证，在上海某一个医院里就医。为了安全与秘密，后来又迁徙了一两个医院。

他的病情一天天的坏。整个脑壳都在作痛，痛得要炸裂开来，痛得他终日夜不绝地呻吟着。鼻孔里老淌着脓液。他不能安睡，也不能起坐。

医生断定他患的是脑癌，一个可怕的绝症。在现在的医学上，还没有有效的医治方法。但他自己并不知道。他的夫人跟随在他身边。医生告诉她：他至多不能活到两星期。但他在病苦稍闲的时候，还在计划着以后的工作。他十分焦急地在等候他的病的离体。他觉得祖国还十分的需要着他，还在急迫地呼唤着他。他不能放下他的担子。

有一个短时期，他竟觉得自己仿佛好了些。他能够起坐，能够谈话，甚至能够看报。医生也惊奇起来，觉得这是一个奇迹：在病理上被判定了死刑和死期的人怎么还会继续地活下去，而且仿佛有倾向于痊愈的可能，医生觉得有点儿不可思议。

这时期，他谈了很多话，拟订了很周到的计划。但他也想到，万一死了时，他将怎样指示他的家属们和同伴们。他要他的一位友人写下了他的遗嘱。但他却是绝对的不愿意死。他要活下去，活下去为祖国而工作。他想用现代的医学，使他能够继续地活下去。

他有句很沉痛的话，道："我刚刚看见了真理，刚刚找到了自己要走的路，难道便这样地死了吗？"

没有一个人比他更真实的需要生命，不是为了自己，而是为了真理，而是为了祖国。

他的精神的力量，使他的绝症支持了半年之久。

到了最后，病状蔓延到了喉头。他咽不下任何食物，连流汁的东西也困难。只好天天打葡萄糖针，以延续他的生命。

他不能坐起来。他不断地呻吟着。整个头颅，像在火焰上烤，像用钢锯在解锯，像用斧子在劈，用大棒在敲打，那痛苦是超出于人类所能忍受的。他的话开始有些模糊不清。然而他还想活下去。他还想，他总不至于这样的死去的。

他的夫人自己动手为他打安眠药的针，几乎不断的连续地打。打了针，他才可以睡一会儿。暂时从剧痛中解放出来。刚醒过来的时候，精神比较好，还能够说几句话。但隔了几分钟，一阵阵的剧痛又来袭击着他了。

他的几个朋友觉到最后的时间快要到来，便设法找到我蛰居的地方，要我去看望他。我这时候才第一次知道他的在上海和他的病情。

我们到了一条冷僻的街上，一所很清静的小医院，走了进去。静悄悄的一点儿声息都没有。自己可以听见自己呼吸的声音。

我们推开病室的门，他夫人正悄悄地坐在一张椅上，见我们进来，点点头，悄悄地说道。"正打完针，睡着了呢。"

"昨夜的情形怎样？"

"同前两天相差不了多少。"

"今早打过几回针？"

"已经打了三次了。"

这种针本来不能多打，然而他却依靠着这针来减轻他的痛楚。医生们绝不肯这样连续地替他打的，所以只好由他夫人自己动手了。

我带着沉重的心，走近病床，从纱帐外望进去，已经不大认识，躺在那里的便是韬奋他自己了。因为好久不剃，胡须已经很长。面容瘦削苍白得可怕。胸部简直一点儿肉都没有，隔着医院特用的白被单，根根肋骨都隆起着。双腿瘦小得像两根小木棒。他闭着双眼，呼吸还相当匀和。

我不敢说一句话，静静地在等候他的醒来。

小桌上的大鹏钟在嘀嗒嘀嗒的一秒一秒地走着。

窗外是一片灰色的光，一个阴天，没有太阳，也没有雨，也没有风。小麻雀在叽叽地叫着，好像只有它们在享受着生命。

等了很久，我觉得等了很久，韬奋在转侧了，呻吟了，脓水不断地从鼻孔中流出，他夫人用棉花拭干了它。他睁开了眼，眼光还是有神的。他看到了我，微弱地说道："这些时候过得还好吧？"几乎是一个字一个字挣扎出来的。

我说："没有什么，只是躲藏着不出来。"

他大睁了眼睛还要说什么，可是痛楚来了，他咬着牙，一阵阵地痉挛，终于爆出了叫喊。

"你好好地养着病吧，不要多说话了。"我忍住了我要问他的话，那么多要说的话。连忙离开了他的床前，怕增加他的痛楚。

"替我打针吧。"他呻吟地说道。

他夫人只好又替他打了一针。

于是隔了一会儿，他又闭上了眼沉沉睡去.

病房里恢复了沉寂。

我有许多话都倒咽了下去，他也许也有许多话想说而未说。我静静地望着他，在数着他的呼吸，不忍离开。一离开了，谁知道是不是便永别了呢？

"我们走吧。"那位朋友说，我才矍然从沉思中醒来。我们向他夫人悄悄说声再会，轻轻地掩上了门，退了出来。

"恐怕不会有希望的了。"我道。

"但他是那么样想活下去呢！"那个朋友道。

我恨着现代的医学者为什么至今还不曾发明说一种治癌症的医方，我怨着为什么没有一个医生能够设法治愈了他的这个绝症。

我祷求着，但愿有一个神迹出现，能使这个祖国的斗士转危为安。

隔了十多天没有什么消息。我没有能再去探望他，恐怕由我身上带给他麻烦。

有一天，那位朋友又来了，说道："韬奋昨天晚上已经故世了！今天下午在上海殡仪馆大殓。"

我震动了一下，好几秒钟说不出一句话来。

我低了头，默默地为他致哀。

固然我晓得他要死，然而我感觉他不会死，不应该死。

他为了祖国，用尽了力量，要活下去，然而他那绝症却不容许多活若干时候。

他是那样的不甘心的死去！

我从来没有看见像他那样的和死神搏斗得那么厉害的人。医生们断定了一两星期死去的人，然而他却继续地活了半年。直到最后，他还想活着，还想活着为祖国而工作！

这是何等的勇气，何等的毅力！忍受着半年的为人类所不能忍受的苦，夜以继日地忍受着，呻吟着，只希望赶快愈好，只愿着有一天能够愈好，能够为祖国做事。

然而他斗不过死神！抱着无穷的遗憾而死去！

他仍用他的假名入殓，用他的假名下葬，生怕敌人们的觉察。后来，韬奋死的消息，辗转地从内地传出；却始终只有极少数的人知道他是死在上海的。敌人们努力地追寻着邹韬奋的线索，不问生的或死的，然而他们在这里却失败了！他们的爪牙永远伸不进爱国者们的门缝里去！他们始终迷惘着邹韬奋的生死和所在地的问题。

到了今天，我们可以成群地携着鲜花到韬奋墓地上凭吊了！凭吊着这位至死还不甘就死的爱祖国的斗士！

塔 山 公 园

由滴翠轩到了对面网球场，立在上头的山脊上，才可以看到塔山；远远的，远远的，见到一个亭子立在一个最高峰上，那就是所谓塔山公园了。到山的第三天的清早，我问大家道："到塔山去好吗？"

朝阳柔黄的满山照着，鸟声细碎地啁啾着，正是温凉适宜的时候，正是游山最好的时候。

大家都高兴去走走，但梦旦先生说，不一定要走到塔山，恐怕太远，也许要走不动。

缓缓地由林径中上了山；仿佛只有几步可以到顶上了，走到那处，上面却还有不少路，再走了一段，以为这次是到了，却还有不少路。如此的，"希望"在前引导着，我们终于到山脊。然后，缓缓地，沿山脊而走去。这山脊是全个避暑区域中最好的地方。两旁都是建造的式样不同的石屋或木屋，中间一条平坦的石路，随了山势而高起或低下。空地不少，却不像山下的一样，粗粗地种了几百株竹，它们却是以绿绿的细草铺盖在地上，这里那里的置了几块大石当作椅子，还有不少挺秀的美花奇草，杂植于平铺的绿草毡上。我们在那里，见到了优越的人为淘汰的结果。

一家一家的楼房构造不同，一家一家的园花庭草，亦布置得不同。在这山脊上走着，简直是参观了不少的名园。时时的，可于屋角的空隙见到远远的山峦，见到远远的白云与绿野。

走到这山脊的终点，又要爬高了，但梦旦先生有些疲倦了，便坐在一块界石上休息，没有再向前走的意思。

大家围着这个中途的界石而立着，有的坐在石阶上。静悄悄的还没有一个别的人，只有早起的乡民，满头是汗地挑了赶早市的东西经过这里，送牛奶面包的人也有几个经过。

大家极高兴地在那里谈天说地，浑忘了到塔山去的目的。太阳渐渐地高了，热了，心南看了手表道：

"已经九点多了。快回去吃早餐吧。"

大家都立了起来，拍拍背后的衣服。拍去坐在石上所沾着的尘土，而上了归途。

下午，我的工作完了，便问大家道："现在到塔山去不去呢？"

"好的。"擘黄道，"只怕高先生不能走远道。"

高先生道："我不去，你们去好了。我要在房里微睡一下。"

于是我和心南、擘黄同去了。

到塔山去的路是很平坦的。由山后的一条很宽的泥路走去，后面的一带风景全可看到。山石时时有人在丁丁地伐采，可见近来建造别墅的人一天天的多了，连山后也已有了几家住户。

塔山公园的区域，并不很广大，都是童山，杂植着极小极小的竹树，只有膝盖的一半高。还有不少杂草，大树木却一株也没有。将到亭时，山势很高峭，两面石碑，立在大门的左右，是叙这个公园的缘起，碑字已为风雨所侵而模糊不清，后面所署的年月，却是宣统二年（？）。据说，近几年来，亭已全圮，最近才有一个什么督办，来山避暑，提倡重修。现在正在动工。

到了亭上，果有不少工匠在那里工作，木料灰石，堆置得凌乱不堪。亭是很小的，四周的空地也不大，却放了四组的水门汀建造的椅桌，每组二椅一桌，以备游人野餐之用．亭的中央，突然的隆起了一块水门汀建的高丘，活像西湖西泠桥畔重建的小青墓。也许这也是当桌子用的，因为四周也是水门汀建的亭栏，可以给人坐。

再没有比这个亭更粗陋而不谐和的建筑物了，一点儿式样也没有，不知是什么东西，亭不像亭，塔不像塔，中不是中，西不是西，又不是中西的合璧，简直可以说是一无美感、一无知识者所设计的亭子。如果给工匠们自己随意去设计，也许比这样的式子更会好些。

所谓公园者，所谓亭子者不过如此！然而这是我们中国人在莫干山所建筑的唯一的公共场所。

亏得地势占得还不坏。立在亭畔，四面可眺望得很远。莫干山的诸峰，在此一一可以指点得出来，山下一畦一畦的田，如绿的绣毡一样，一层一层，由高而低，非常的有秩序。足下的冈峦，或起或伏，或趋或耸，历历可指，有如在看一幅地势实型图。

太阳已经渐渐的向西沉下，我们当风而立，略略的有些寒意。

那边有乌云起了，山与田都为一层阴影所蔽，隐隐的似闻见一阵一阵的细密的雨声。

"雨也许要移到这边来了，我们走吧。"

这是第一次到塔山。

第二次去是在一个绝早的早晨。人是独自一个。

在山上，我们几乎天天看太阳由东方出来。倚在滴翠轩廊前的红栏杆上，向东望着，我们便可以看到一道强光四射的金线，四面都是斑斓的彩云托着，在那最远的东方。渐渐的，云渐融消了，血红的血红的太阳露出了一角，而楼前便有了太阳光。不到一刻，而朝阳已全个的出现于地平线上了，比平常大，比平常红，却是柔和的，新鲜的，不刺目的。对着了这个朝阳而深深地呼吸着，真要觉得生命是在进展，真要觉得活力是已重生。满腔的朝气，满腔的希望，满腔的愉意，满腔的跃跃欲试的工作力！

怪不得晨鸟是要那样地对着朝阳婉转地歌唱着。

常常的在廊前这样的看日出。常常的移了椅子在阳光中，全个身子都浸没在它的新光中。

也许到塔山那个最高峰去看日出，更要好呢。泰山之观日出不是一个最动人的景色吗？

一天，绝早，天色还黑着，我便起身，胡乱地洗漱了一下，立刻起程到塔山。天刚刚有些亮，可以看见路。半个行人也没有遇见。一路上急急地走着，屡次的回头看，看太阳已否升起。山后却是阴沉沉的。到了登上了塔山公园的长而多级的石级时，才看见山头已有金黄色. 东方是已经亮晶晶的了。

风呼呼地吹着，似乎要从背后把你推送上山去。愈走得高风愈大，真有些觉得冷栗，虽然是在六月，且穿上了夹衣。

飞快地飞快地上山，到了绝顶时，立刻转身向东望着，太阳却已经出来了，圆圆的红血的一个，与在廊前所见的一模一样，眼界并不见得因更高而有所不同。

在金黄的柔光中浸溶了许久许久才回去，到家还不过八时。

　　第三次，又到了塔山，是和心南先生全家去的，居然用到了水门汀的椅桌，举行了一次野餐会。离第一次到时，只有半个月，这里仿佛因工程已竣之故，到的人突多起来。空地上垃圾很不少，也无人去扫除。每个人下山时都带了不少只苍蝇在衣上帽上回去。沿路费了不少驱逐的工夫。

一九二六年九月三十日追记

山中的历日

"山中无历日"，这是一句古话，然而我在山中却把历日记得很清楚。我向来不记日记，但在山上却有一本日记，每日都有两三行的东西写在上面。自七月二十三日，第一日在山上醒来时起，直到最后的一日早晨，即八月二十一日，下山时止，无一日不记。恰恰在山上三十日，不多也不少，预定的要做的工作，在这三十日之内，也差不多都已做完。

当我离开上海时，一个朋友问我："什么时候可以回来？"

"一个月。"我答道。真的，不多也不少，恰是一个月。有一天，一个朋友写信来问我道："你一天的生活如何呢？我们只见你一天一卷的原稿寄到上海来，没有一个人不惊诧而且佩服的。上海是那样的热呀，我们一行字也不能写呢。"

我正要把我的山上生活告诉他们呢。

在我的二十几年的生活中，没有像如今守着有规则的生活，也没有像如今那么努力地工作着的。

第一晚，当我到了山上时，已经不早了，滴翠轩一点儿灯火也没有。我问心南先生道："怎么黑漆漆的不点灯？"

"在山上，我们已成了习惯，天色一亮就起来，天色一黑就去睡，我起初也不惯，现在却惯了。到了那时，自然而然地会起来，自然而然的过去睡。今夜，因为同家母谈话，睡得迟些，不然，这时早已入梦了。家中人，除了我们二人外，他们都早已熟睡了。"心南先生说。

我有些惊诧，却不大相信。更不相信在上海起迟眠迟的我，会服从了这个山中的习惯。

然而到了第二天绝早，心南先生却照常起身。我这一夜是和他暂时一房同睡的，也不由得不起来，不由得不跟了他一同起身。"还早呢，还只有六点钟。"我看了表说。

"已经是太晚了。"他说。果然，廊前太阳光已经照得满墙满地了。

这是第一次，我倚了绿色的栏杆——后来改漆为红色的，却更有些诗意了——去看山景。没有奇石，也没有悬岩，全山都是碧绿色的竹林和红瓦黑瓦的洋房子。山形是太平衍了。然而向东望去，却可看见山下的原野。一座一座的小山，都在我们的足下，一畦一畦的绿田，也都在我们的足下。几缕的炊烟，由田间升起，在空中袅袅地飘着，我们知道那里是有几家农户了，虽然看不见他们。空中是停着几片的浮云。太阳照在上面，那云影倒映在山峰间，明显地可以看见。

"也还不坏呢，这山的景色。"我说。

"在起了云时，漫山的都是云，有的在楼前，有的在足下，有时浑不见对面的东西，有时，诸山只露出峰尖，如在海中的孤岛，这简直可称为云海，那才有趣呢。我到了山时，只见了两次这样的奇景。"心南先生说。

这一天真是忙碌，下山到了铁路饭店，去接梦旦先生他们上山来。下午，又东跑跑，西跑跑。太阳把山径晒得滚热的，它又张了大眼向下望着，头上是好像一把火的伞。只好在邻近竹径中走走就回来啦。

在山上，雨是不预约就要落下来的，看它天气还好好的，一眨眼间，却已乌云蔽了楼檐，沙沙的一阵大雨来了。不久，眼望着这块大乌云向东驶去，东边的山与田野却现出阴郁的样子，这里却又是太阳光满满地照着了。

"伞在山上倒是必要的；晴天可以挡太阳。下雨的时候可以挡雨。"我说。

这一阵雨过去后，天气是凉爽得多了，我便又独自由竹林间的一条小山径，寻路到瀑布去。山径还不湿滑，因为一则沿路都是枯落的竹叶躺着，二则泥土太干，雨又下得不久。山径不算不峻峭，却异常的好走。足踏在干竹叶上，柔柔的如履铺了棉花的地板，手攀着密集的竹竿，一竿一竿地递扶着，如扶着栏杆，任怎么峻峭的路，都不会有倾跌的危险。

莫干山有两个瀑布，一个是在这边山下，一个是碧坞。碧坞太远了，听说路也很险。走过去，要经过一条只有一尺多宽的栈道，一面是绝壁，一面是十余丈深的山溪，轿子是不能走过的，只好把轿子中途弃了，两个轿夫牵着游客的双手，一前一后把他送过去。去年，有几个朋友到那里去游，却只有几个最勇敢的这样地走了过去，还有几个却终于与轿子一同停留在栈道的这边，不敢过去了。这边的山下瀑布，路途却较为好走，又没有碧坞那么远，所以我便渴于要先去看看——虽然他们都要休息一下，不大高兴走。

瀑布的气势是那么样伟大，瀑布的景色是那么样壮美；那么多的清泉，由高山石上，倾倒而下，水声如雷似的，水珠溅得远远的，只要闭眼一想象，便知她是如何的可迷人呀！我少时曾和数十个同学一同旅行到南雁荡山。那边的瀑布真不少，也真不小。老远的老远的，便看见一道道的白练布由山顶挂了下来。却总是没有走到。经过了柔湿的田道，经过了繁盛的村庄，爬上了几层的山，方才到了小龙湫。那时是初春，还穿着棉衣。长途的跋涉，使我们都气喘汗流。但到了瀑布之下，立在一块远隔丈余的石上时，细细的水珠却溅得你满脸满身都是，阴凉的，阴凉的，立刻使你一点儿的热感都没有了；虽穿了棉衣，还觉得冷呢。面前是万斛的清泉，不休的只向下倾注，那景色是无比的美好，那清而宏大的水声，也是无比的美好。这使我到如今还记念着，这使我格外的喜欢瀑布与有瀑布的山。十余年来，总在北京与上海两处徘徊着，不仅没有见什么大瀑布，便连山的影子也不大看得见。这一次之到莫干山，小半的原因，因为那山那有瀑布。

山径不大好走，时而石级，时而泥径，有时，且要在荒草中去寻路。亏得一路上溪声潺潺的。沿了这溪走，我想总不会走得错的。后来，终于是走到了。但那水声并不大，立近了，那水珠也不会飞溅到脸上身上来。高虽有二丈多高，阔却只有两个人身的阔。那么样萎靡的瀑布，真使我有些失望。然而这总算是瀑布，万山静悄悄的，连鸟声也没有，只有几张照相的色纸，落在地上，表示曾有人来过。在这瀑布下流连了一会儿，脱了衣服，洗了一个身，濯了一会儿足，便仍旧穿便衣，与它告别了。却并不怎么样的惜别。

刚从林径中上来，便看见他们正在门口，打算到外面走走。

"你去不去？"擘黄问我。

"到哪里去？"我问道。

"随便走走。"

我还有余力，便跟了他们同去。经过了游泳池，各个人喧笑着在那里泅水，大都是碧眼黄发的人，他们是最会享用这种公共场所的。池旁，列了许多座位，预备给看的人坐，看的人真也不少。沿着这条山径，到了新会堂，图书馆和幼稚园都在那里。一大群的人正从那里散出，也大都是碧眼黄发的人。沿着山边的一条路走去，便是球场了。球场的规模并不小，难得在山边会辟出这么大的一个地方。场边有许多石级凸出，预备给人坐，那边贴了不少布告，有一张说："如果山岩崩坏了，发生了什么意外之事，避暑会是不负责的。"我们看那山边，围了不少层的围墙。很坚固，很坚固，哪里会有什么崩坏的事。然而他们却要预防着。在快活地打着球的，也都是碧眼黄发的人。

梦旦先生他们坐在亭上看打球，我们却上了山脊。在这山脊上缓缓地走着，太阳已将西沉，把那无力的金光亲切地抚摩我们的脸。并不大的凉风，吹拂在我们的身上，有种说不出的舒适之感。我们在那里，望见了塔山。

心南先生说："那是塔山，有一个亭子的，算是莫干山最高的山了。"望过去很远，很远。

晚上，风很大。半夜醒来，只听见廊外呼呼地啸号着，仿佛整座楼房连基底都要为它所摇撼。

山中的风常是这样的。

这是在山中的第一天。第二天也没有做事。到了第三天，却清早起来，六点钟时，便动手做工。八时吃早餐，看报，看来信，邮差正在那时来。九时再做，直到十二时。下午，又开始写东西，直到四时。那时，却要出门到山上走走了。却只在近处，并不到远处去。天未黑便吃了饭。随意闲谈着。到了八时，却各自进了房。有时还看看书，有时却即去睡了。一个月来，几乎天天是如此。

下午四时后，如不出去游山，便是最好的看书时间了。

山中的历日便是如此，我从来没有过这样的有规则的生活过。

一九二六年九月二十日追记

暮影笼罩了一切

　　"四行孤军"的最后枪声停止了。临风飘荡的国旗，在群众的黯然神伤的凄视里，落了下来。有低低的饮泣声。

　　但不是绝望，不是降伏，不是灰心，而是更坚定地抵抗与牺牲的开始。

　　苏州河畔的人渐渐地散去。灰红色的火焰还可瞭望得到。

　　血似的太阳向西方沉下去。

　　暮色开始笼罩了一切。

　　是群鬼出现，百怪跳梁的时候。

　　没有月，没有星，天上没有一点儿的光亮。黑暗渐渐地统治了一切。

　　我带着异样的心，铝似的重，钢似的硬，急忙忙地赶回家，整理着必要的行装，焚毁了有关的友人们的地址簿，把铅笔纵横写在电话机旁墙上的电话号码，用水和抹布洗去。也许会有什么事要发生。准备着随时离开家。先把日记和有关的文稿托人寄存到一位朋友家里去。

　　小箴已经有些懂事，总是依恋在身边。睡在摇篮里的倍倍，却还是懵懵懂懂。看望着他们，心里浮上了一缕凄楚之感。生活也许立刻便要发生问题。

　　但挺直着身体，仰着头，预想着许多最坏的结果，坚定地做着应付的打算。

　　下午，文化界救亡协会有重要的决议，成为分散的地下的工作机关。《救亡日报》停刊了。一部分的友人们开始向内地或香港撤退。他们开始称上海为"孤岛"。但我一时还不想离开这"孤岛"。

夜里．我手提着一个小提箱，到章民表叔家里去借住。温情的招待，使我感到人世间的暖热可爱。在这样彷徨若无所归的一个时间，格外地觉到"人"的同情的伟大与"人间"的可爱可恋。各个人都是可亲的，无机心的，兄弟般的友爱着，互助着，照顾着。他们忘记了将临的危险与恐怖，只是热忱的容留着，招待着，只有比平时更亲切，更关心。

白天，依然到学校里授课，没有一分钟停顿过讲授。学生们在炸弹落在附近时，都镇定着坐着听讲，教授们在炸声轰隆，门窗格格作响时，曾因听不见语声而暂时停讲半分数秒，但炸声一息，便又开讲下去。这时，师生们也格外的亲近了；互相关心着安全。他们谈说着我们的"马其诺防线"的可靠，信任着我们的军官与士兵。种种的谣传都像冰在火上似的消融无踪．可爱的青年们是坚定的。没有凄婉，没有悲伤；只是坚定地走着应走的路。有的，走了；从军或随军做着宣传的工作。不走的，更热心地在做着功课，或做着地下的工作。他们不知恐怖，不怕艰苦，虽然恐怖与艰苦正在前面等待着他们。教员休息室里的议论比较复杂，但没有一句"必败论"的见解听得到。

后来，"马其诺防线"的防守，证明不可靠了；南京被攻下，大屠杀在进行。"马当"的防线也被冲破了。但一般人都还没有悲观。"信仰"维持着"最后胜利"的希望，"民族意识"坚定着抵抗与牺牲的决心。

同时，狐兔与魍魉们却更横行着。"大道市政府"成立，"维新政府"成立。暗杀与逮捕，时时发生。"苏州河北"成了恐怖的恶魔的世界。"过桥"是一个最耻辱的名词。

汉奸们渐渐地在"孤岛"似的桥南活动着，被杀与杀人。有一个记者，被杀了之后，头颅公开地挂在电杆上示众。有许多人不知怎样也失了踪。

极小的一部分知识分子动摇了。

学生们常常来告密，某某教员有问题，某某人很可疑。但我还天真的不信赖这些"谣言"。在整个民族做着生死决战的时期，难道知识分子还会动摇变节吗？这简直是不可思议的"盲猜"与"瞎想"。

但事实证明了他们的情报真确不假。

有一个早上，与董修甲相遇，我在骂汉奸，他也附和着。但第二天，他便不来上课了。再过了几天，在报上知道他已做了伪官。

张素民也总是每天见面，每天附和着我的意见，但不久，也便销声匿迹，之后，也便公开做了什么"官"了。

还有一个张某和陈柱，同受伪方的津贴，这事，我也不相信。但到了陈柱（这个满嘴的"威武不能屈，富贵不能淫"的东西）"走马上任"，张某被友人且劝且迫地到了香港发表"自首文"时，我也才觉得自己是被骗受欺了。

可怕的"天真"与对于知识分子的过分看重啊！

学生里面也出现"奸党"。好在他们都是"走马上任"去的，不屑在学校里活动；也不敢公开地宣传什么，或有什么危害。他们总不免有些"内愧"。学校里面依然是慷慨激昂的我行我素。

虽然是两迁三迁的，校址天天的缩小，但精神却很好；很亲切，很温暖，很愉快。

青年们还在举行"座谈会"什么的。也出版了些文艺刊物，还做着民众文艺的运动，办着平民夜校。和平时没有什么不同；只不过多带着些警觉性。可爱与骄傲，信仰与决心，交织成了这一时期的青年们活动的趋向。

我还每夜都住在外面。有时候也到古书店里去跑跑。偶然的也挟了一包书回来。借榻的小室里，书又渐渐的多起来。生活和平常差不了多少，只是十分小心的警觉着戒备着。

有一天到了中国书店，那乱糟糟的情形依样如旧。但伙计们告诉我：日本人来过了，要搜查《救亡日报》的人；但一无所得。《救亡日报》的若干合订本放在阴暗的后房里，所以他们没有觉察到。搜查时，汪馥泉恰好在那里。日本人问他是谁。他穿着一件蓝布长衫，头发长长的，长久不剪了，答道："是伙计。"也真像一个古书店的伙计，才得幸免。以后，那一批"合订本"便由汪馥泉运到香港去。敌人的密探也不曾再到中国书店过。亏得那一天我没有在那里。

还有一天，我坐在中国书店，一个日本人和伙计们在闲谈，说要见见我和潘博山先生。这人是清水，管文化工作的。一个伙计偷偷地问我道："要见他吗？"我连忙摇摇头。一面站起来，在书架上乱翻着，装作一个购书的人。这人走了后，我向伙计们说道："以后要有人问起我或问我地址的，一概回答不知道，或长久没有来了一类的话。"为了慎重，又到汉口路各肆嘱咐过。

我很感谢他们，在这悠久的八年里，他们没有替我泄露过一句话，虽然不时地有人去问他们。

隔了一个多月，好像没有什么意外的事会发生，我才再住到家里去。

夜一刻刻地黑下去。

有人在黑夜里坚定地守着岗位，做着地下的工作；多数的人则守着信仰在等待天亮。极少数的人在做着丧心病狂的为虎作伥的事。

这战争打醒了久久埋伏在地的"民族意识"；也使民族败类毕现其原形。

苦 鸦 子

乌鸦是那么黑丑的鸟，一到傍晚，便成群结阵的飞于空中，或三两只栖于树下，苦呀、苦呀地叫着，更使人起了一种厌恶的情绪。虽然中国许多抒情诗的文句，每每把鸦美化了，如"寒鸦数点""暮鸦栖未定"之类，读来未尝不觉其美，等到一听见其声，思想的美感却完全消失了，心上所有的只是厌恶。

在山中也与在城市中一样，免不了鸦的干扰。太阳的淡金色光线，弱了，柔和了，暮霭渐渐的朦胧得如轻纱似的幔罩于岗峦之腰，田野之上，西方是血红的一个大圆盘悬在地平上，四边是金彩斑斓的云霞，点染在半天；工作之后，躺在藤榻上，有意无意地领略着这晚霞天气的图画。经过了这样静谧的生活的，准保他一辈子不会忘了，至少是要在城市的狭室中不时想起的。不幸这恬静可爱的山中的黄昏，却往往为苦呀、苦呀的鸦声所乱。

有一天，晚餐吃得特别的早；几个老婆子趁着太阳光未下山，把厨房中盆、碗等物都收拾好了，便也上楼靠在红栏杆上闲谈。

"苦呀！苦呀！"几只乌鸦栖在对面一株大树上，正朝着我们此唱彼和的歌叫着。

"苦鸦子！我们乡下人总说她是嫂嫂变的。"汤妈说。

江妈接着道："我们那里也有这话。婆婆很凶，姑娘又会挑嘴，弄得嫂嫂常常受婆婆的气，还常常的打她，男人又一年间没有几时在家。有一次，她把米饭从后门给了些叫花的；她姑娘看见了，马上去告诉她的娘。还挑拨地说：'嫂嫂常常把饭给人家。'于是婆婆生了大气，用后门的门闩，没头没脑地打了她一顿，她浑身是伤。气不过，就去投河。却为邻居看见了救起，把她湿淋淋的送回家。她婆婆、姑娘还骂她假死吓诈人。当夜，她又用衣带把自己吊死在床前了。过了几个月，她男人回家，他的娘却淡淡地说：她得病死了。但她的灵魂却变了乌鸦，天天在屋前树上苦呀苦呀地叫着。"

"做人家媳妇实在不容易。"江妈接着说，"像我们那里媳妇吃苦的真不少！"

汤妈说："可不是！前半年在少爷家里用的叶妈还不是苦到无处说！一天到晚打水、烧饭、劈柴、种田、摘豆子，她婆婆还常常的叽里咕噜骂她。碰到丈夫好些的，也还好，有地方说说。她的丈夫却又是牛脾气，好赌。输了，总拿她来出气，打得呀，浑身是伤！有一次，她给我看，一身的青肿，半个月一个月还不会退。好容易来帮人家，虽然劳碌些，比在家里总算是好得多了。一月三块半工钱，一个也不能少，都要寄回家。她丈夫还时时来找她要钱！她说起来常哭！上一次，她不是辞了回家吗？那是她丈夫为了赌钱的事，被人家打伤了，一定要她回去服侍。这一向都没有信来，问她乡里人也不知道。这一半年总不见得会出来了。"

江妈道："汤奶奶你是好福气！说是童养媳，婆婆待你比自己的女儿还好。男人又肯干，家里积的钱不少了，去年不是又买了几亩田吗？你真可以回去享福了，汤奶奶！"

"哪里的话！我们哪里说得上享福两个字！我们的婆婆待我可真不差，比自己的姆妈还好！"

这时，一声不响的刘妈插嘴道："汤奶奶待她婆婆也真是好；自己的娘病，还不大挂心，听说她婆婆有什么难过，就一定要回去看看的了！上次她婆婆还托人带了大棉袄给她，真是疼她！"

汤妈指着刘妈向江妈道："她真可怜！人是真好，只可惜有些太老实，常给人欺负。她出来帮人家也是没法的。她家里不是少吃的、穿的，只是她婆婆太厉害了，不是打，就是骂；没有一天有好日子过。自从她男人死了，婆婆更恨她入骨，说她是克夫。她到外边来，赛如在天堂上！"

刘妈一声不响地听着她在谈自己的身世。栏杆外面乌鸦还是一声苦呀苦呀在叫着，夜色已经成了深灰色了。

"刘妈，天黑了，怎么还不点灯？天天做的事都会忘了吗！"她主妇的声音，严厉的由后房传出。

"噢，来了。"刘妈连忙地答应，慌慌张张地到后面去了。

"真作孽，像她这样的人，到处要给人欺负。"江妈说，"还好她是个呆子，看她一天到晚总是嘻嘻的笑脸。"

"不。"汤妈说，"别看她呆头呆脑的；她和我谈起来，时时地落泪呢。有一次，给她主妇大骂了一顿以后，她便跑到自己房里痛哭。到了夜里，我睡时，还听见她在呜咽的抽气！"

想不到刘妈是这样的一个人，自到山中来后，我们每以她为乐天的痴呆人，往往拿她来取笑，她也从没有发怒过，谁晓得她原是这样的一个"苦鸦子"！

这时，黑夜已经笼罩了一切。江妈说："我也要去点灯了。"

"苦呀，苦呀！"的乌鸦已经静止，大约它们是栖定在巢中了。

十一月十二夜追记

石　湖

前年从太湖里的洞庭东山回到苏州时，曾经过石湖。坐的是一只小火轮，一眨眼间，船由窄窄的小水口进入了另一个湖。那湖要比太湖小得多了，湖上到处插着蟹簖和围着菱田。他们告诉我："这里就是石湖。"我跃然地站起来，在船头东张西望的，想尽量地吸取石湖的胜景。见到湖心有一个小岛，岛上还残留着东倒西歪的许多太湖石。我想："这不是一座古老的园林的遗迹吗？"

是的，整个石湖原来就是一座大的园林。在离今八百多年前，这里就是南宋初期的一位诗人范成大（1126—1193）的园林。他和陆游、杨万里同被称为南宋三大诗人。成大因为住在这里，就自号石湖居士，"石湖"因之而大为著称于世。杨万里说："公之别墅曰石湖，山水之胜，东南绝境也。"我们很向往于石湖，就是为了读过范成大的关于石湖的诗。"石湖"和范成大结成了这样的不可分的关系，正像陶渊明的"栗里"，王维的"辋川"一样，人以地名，同时，地也以人显了。成大的《石湖居士诗集》，吴郡顾氏刻的本子（1688年刻），凡三十四卷，其中歌咏石湖的风土人情的诗篇很不少。他是一位中国文学史上重要的田园诗人，继承了陶渊明、王维的优良传统，描写着八百多年前的农民的辛勤的生活。他的《四时田园杂兴六十首》，就是淳熙丙午（1186年）在石湖写出的，在那里，充溢着江南的田园情趣，像读米芾和他的儿子米友仁所作的山水，满纸上是云气水意，是江南的润湿之感，是平易近人的熟悉的湖田农作和养蚕、织丝的活计，他写道：

　　　　昼出耘田夜绩麻，

　　　　村庄儿女各当家。

　　　　童孙未解供耕织，

　　　　也傍桑阴学种瓜。

　　农村里是不会有一个"闲人"存在的，包括孩子们在内。

　　　　垂成穑事苦艰难，

　　　　忌雨嫌风更怯寒。

　　　　笺诉天公休掠剩，

　　　　半偿私债半输官。

　　他是同情于农民的被剥削的痛苦的。更有连田也没有得种的人，那就格外的困苦了。

　　　　采菱辛苦废犁鉏，

　　　　血指流丹鬼质枯。

　　　　无为买田聊种水，

　　　　近来湖面亦收租。

他住在石湖上，就爱上那里的风土，也爱上那里的农民，而对于他们的痛苦，表示同情。后来，在明朝弘治间（1488—1505），有莫旦的，曾写了一部《石湖志》，却只是夸耀着莫家的地主们的豪华的生活，全无意义。至今，在石湖上莫氏的遗迹已经一无所存，问人，也都不知道，是"身与名俱朽"的了。但范成大的名字却人人都晓得。

去年春天，我又到了洞庭东山。这次是走陆路的，在一年时间里，当地的农民已经把通往苏州的公路修好了。东山的一个农业合作社里的人，曾经在前年告诉过我：

"我们要修汽车路，通到苏州，要迎接拖拉机。"

果然，这条公路修好了，如今到东山去，不需要走水路，更不需要花上一天两天的时间了，只要两小时不到，就可以从苏州直达洞庭东山。我们就走这条公路，到了石湖。我们远远地望见了渺茫的湖水，安静地躺在那里，似乎水波不兴，万籁皆寂。渐渐地走近了，湖山的胜处也就渐渐地豁露出来。有一座破旧的老屋，总有三进深，首先唤起我们注意。前厅还相当完整，但后边却很破旧，屋顶已经可看见青天了，碎瓦破砖，抛得满地。墙垣也塌颓了一半。这就是范成大的祠堂。墙壁上还嵌着他写的《四时田园杂兴》的石刻，但已经不是全部了。我们在湖边走着，在不高的山上走着。四周的风物秀隽异常。满盈盈的湖水一直溢拍到脚边，却又温柔地退回去了，像慈母抚拍着将睡未睡的婴儿似的，它轻轻地抚拍着石岸。水里的碎瓷片清晰可见。小小的鱼儿，还有顽健的小虾儿，都在眼前游来蹦去。登上了山巅，可望见更远的太湖。太湖里点点风帆，历历可数。太阳光照在粼粼的湖水上面，闪耀着金光，就像无数的鱼儿在一刹那之间，齐翻着身。绿色的田野里，夹杂着黄色的菜花田和紫色的苜蓿田，锦绣般地展开在脚下。

这里的湖水，滋育着附近地区的桑麻和水稻，还大有鱼虾之利。劳动人民是喜爱它的，看重它的。

"正在准备把这一带全都绿化了，已经栽下不少树苗了。"陪伴着我们的一位苏州市园林处的负责人说道。

果然有不少各式各样的矮树，上上下下，高高低低地栽种着。不出十年，这里将是一个很幽深新洁的山林了。他说道："园林处有一个计划，要把整个石湖区修整一番，成为一座公园。"当然，这是很有意义的，而且东山一带也将成为上海一带的工人的疗养区，这座石湖公园是有必要建设起来的。

他又说道："我们要好好地保护这一带的名胜古迹，范石湖的祠堂也要修整一下。有了那个有名的诗人的遗迹，石湖不是更加显得美丽了吗？"

事隔一年多，不知石湖公园的建设已经开始了没有？我相信，正像苏州——洞庭东山之间的公路一般，勤劳勇敢的苏州市的人民一定会把石湖公园建筑得异常漂亮，引人入胜，来迎接工农阶级的劳动模范和游览和休养的。

北　平

　　你若是在春天到北平，第一个印象也许便会给你以十分的不愉快。你从前门东车站或西车站下了火车，出了站门，踏上了北平的灰黑的土地上时，一阵大风刮来，刮得你不能不向后倒退几步；那风卷起了一团的泥沙；你一不小心便会迷了双眼，怪难受的；而嘴里吹进了几粒细沙在牙齿间萨拉萨拉的作响。耳朵壳里、眼缝边、黑马褂或西服外套上，立刻便都积了一层黄灰色的沙垢。你到了家，或到了旅店，得仔细地洗涤了一顿，才会觉得清爽些。

　　"这鬼地方！那么大的风，那么多的灰尘！"你也许会很不高兴的诅咒地说。

　　风整天整夜呼呼地在刮，火炉的铅皮烟通，纸的窗户，都在乒乒乓乓的相碰着，也许会闹得你半夜睡不着。第二天清早，一睁开眼，呵，满窗的黄金色，你蛮高兴，以为这是太阳光，你今天将可以得一个畅快的游览了。然而风声还在呼呼地怒吼着。擦擦眼，拥被坐在床上，你便要立刻懊丧起来。那黄澄澄的，错疑作太阳光的，却正是漫天漫地地吹刮着的黄沙！风声吼吼的还不曾歇气。你也许会懊悔来这一趟。

　　但到了下午，或到第三天，风渐渐地平静起来。太阳光真实的黄亮亮的晒在墙头，晒进窗里。那份温暖和平的气息儿，立刻便会鼓动了你向外面跑跑的心思。鸟声细碎的在鸣叫着，大约是小麻雀儿的叽叽声居多。——碰巧，院子里有一株杏花或桃花，正涵着苞，浓红色的一朵朵，将放未放。枣树的叶子正在努力向枝外崛起。——北平的枣树那么多，几乎家家天井里都有个一株两株的。柳树的柔枝儿已经是透露出嫩嫩的黄色来。只有硕大的榆树上，却还是乌黑的秃枝，一点儿什么春的消息都没有。

你开了房门，到院子里，深深地吸了一口气。啊，好新鲜的空气，仿佛在那里面便挟带着生命力似的。不由得不使你神清气爽。太阳光好不可爱。天上干干净净的没有半朵浮云，俨然是"南方秋天"的样子。你得知道，北平当晴天的时候，永远的那一份儿"天高气爽"晴明的劲儿，四季皆然，不独春日如此。

太阳光晒得你有点儿暖得发慌。"关不住了！"你准会在心底偷偷地叫着。

你便准得应了这自然之招呼而走到街上。

但你得留意，即使你是阔人，衣袋里有充足的金洋银洋，你也不应摆阔，坐汽车。被关在汽车的玻璃窗里，你便成了如同被蓄养在玻璃缸的金鱼似的无生气的生物了。你将一点儿也享受不到什么。汽车那么飞快地冲跑过去仿佛是去赶什么重要的会议。可是你是来游玩，不是来赶会。汽车会把一切自然的美景都推到你的后面去。你不能吟味，你不能停留，你不能称心称意地欣赏。这正是猪八戒吃人参果的勾当。你不会蠢到如此的。

北平不接受那么摆阔的阔客。汽车客是永远不会见到北平的真面目的。北平是个"游览区"。天然的不欢迎"走车看花"—— 比走马看花还煞风景的勾当——的人物。

那么，你得坐"洋车"——但得注意：如果你是南人，叫一声黄包车，准保各个车夫都不理会你，那是一种侮辱，他们以为。（黄包，北音近乎王八。）或酸溜溜地招呼道"人力车"，他们也不会明白的。如果叫道"胶皮"，他们便知道你是从天津来的，准得多抬些价。或索性洋气十足的，叫道"力克夏"，他们便也懂，但却只能以"毛"为单位的给车价了。

"洋车"是北平最主要的交通物。价廉而稳妥，不快不慢，恰到好处。但走到大街上，如果遇见一位漂亮的姑娘或一位洋人在前面车上，碰巧，你的车夫也是一位年轻力健的小伙子，他们赛起车来，那可有点儿危险。

干脆，走路，倒也不坏。近来北平的路政很好，除了冷街小巷，没有要人、洋人住的地方，还是"无风三尺土，有雨一街泥"之外，其余冲要之区，确可散步。

出了巷口，向皇城方面走。你便将渐入佳境的。黄金色的琉璃瓦在太阳光里发亮光，土红色的墙，怪有意思地围着那"特别区"。入了天安门内，你便立刻有应接不暇之感。如果你是聪明的，在这里，你必得跳下车来，散步地走着。那两支白石盘龙的华表，屹立在中间，恰好烘托着那一长排的白石栏杆和三座白石拱桥，表现出很调和的华贵而苍老的气象来，活像一位年老有德、饱历世故、火气全消的学士大夫，没有丝毫的火辣辣的暴发户的讨厌样儿。春冰方解，一池不浅不溢的春水，碧油油的可当一面镜子照。正中的一座拱桥的三个桥洞，映在水面，恰好是一个完全的圆形。

你过了桥，向北走。那厚厚的门洞也是怪可爱的（夏天是乘风凉最好的地方）。午门之前，杂草丛生，正如一位不加粉黛的村姑，自有一种风趣。那左右两排小屋，仿佛将要开出口来，告诉你以明清的若干次的政变，和若干大臣、大将雍雍锵锵的随驾而出入。这里也有两支白色的华表，颜色显得黄些，更觉得苍老而古雅。无论你向东走，或者向西走，——你可以暂时不必向北进端门，那是历史博物馆的入门处，要购票的。——你可以见到很可愉悦的景色。出了一道门，沿了灰色的宫墙根，向西北走，或向东北走，你便可以见到护城河里的水是那么绿得可爱。太庙或中山园后面的柏树林是那么苍苍郁郁的，有如见到深山古墓。和你同道走着的，有许多走得比你还慢，还没有目的的人物；他们穿了大袖的过时的衣服，足上蹬着古式的鞋，手上托着一只鸟笼，或臂上栖着一只被长链锁住的鸟，懒懒散散地在那里走着。有时也可遇到带着一群小哈巴狗的人，有气势地在赶着路。但你如果到了东华门或西华门而折回去时，你将见他们也并不曾往前走，他们也和你一样的折了回去。他们是在这特殊幽静的水边溜达着的！溜达，是北平人生活的主要的一部分；他们可以在这同一的水边，城墙下，溜达整个半天，天天如此，年年如此，除了刮大风、下大雪，天气过于寒冷的时候。你将永远猜想不出，他们是怎样过活的。你也许在幻想着，他们必定是没落的公子王孙，也许你便因此凄怆地怀念着他们的过去的豪华和今日的沦落。

啪的一声响，惊得你一大跳，那是一个牧人，赶了一群羊走过，长长的牧鞭打在地上的声音。接着，一辆一九三四年式的汽车鸣鸣地飞驰而过。你的胡思乱想为之撕得粉碎。——但你得知道，你的凄怆的情感是落了空。那些臂鸟驱狗的人物，不一定是没落的王孙，他们多半是以驯养鸟狗为生活的商人们。

你再进了那座门，向南走，仍走到天安门内。这一次，你得继续的向南走。大石板地，没有车马的经过，前面的高大的城楼，作为你的目标。左右全都是高及人头的灌木林子。在这时候，黄色的迎春花正在盛开，一片的喧闹的春意。红刺梅也在含苞。晚开的花树，枝头也都有了绿色。在这灌木林子里，你也许可以徘徊个几小时。在红刺梅盛开的时候，连你的脸色和衣彩也都会映上红色的笑影。散步在那白色的阔而长的大石道，便是一种愉快。心胸阔大而无思虑。昨天的积闷，早已忘得一干二净。你将不再对北平有什么诅咒。你将开始发生留恋。

你向南走，直走到前门大街的边沿上，可望见东西交民巷口的木牌坊，可望见你下车来的东车站或西车站，还可望见屹立在前面的很宏伟的一座大牌楼。乱纷纷的人和车、马和货物；有最新式的汽车，也有最古老的大车，简直是最大的一个运输物的展览会。

你站了一会儿，觉得看腻了，两腿也有点发酸了，你便可以向前走几步，极廉价的雇到一辆洋车，在中山公园口放下。

这公园是北平很特殊的一个中心。有过一个时期，当北海还不曾开放的时候，她是北平唯一的社交的集中点。在那里，你可以见到社会上各种各样的人物。——当然无产者是不在内，他们是被几分大洋的门票摈在园外的。你在那里坐了一会儿，立刻便可以招致了许多熟人。你不必家家拜访或邀致，他们自然会来。当海棠盛开时，牡丹、芍药盛开时，菊花盛开时的黄昏，那里是最热闹的上市的当儿。茶座全塞满了人，几乎没有一点儿空地。一桌人刚站了起来，立刻便会有候补的挤了上去。老板在笑，伙计们也在笑。他们的收入是如春花似的繁多。直到菊花谢后，方才渐渐地冷落了下来。

你坐在茶座上，舒适地把身体堆放在藤椅里，太阳光洒满在身上，棉衣的背上，有些热起来。前后左右，都有人在走动，在高谈，在低语。坛上的牡丹花，一朵朵总有大碗粗细。说是赏花，其实，眼光也是东溜西溜的。

有时，目无所瞩，心无所思的，可以懒懒待在那里，整整待个大半天。

　　一阵和风吹来，遍地白色的柳絮在团团地乱转，渐转成一个球形，被推到墙角。而漫天飞舞着的棉状的小块，常常扑到你面上，强塞进你的鼻孔。

　　如果你在清晨来这里，你将见到有几堆的人，老少肥瘦俱齐，在大树下空地上练习打太极拳。这运动常常邀引了患肺痨者去参加，而因此更促短了他们的寿命。而这时，这公园里也便是肺痨病者们最活动的时候。瘦得骨立的中年人们，倚着杖，蹒跚地在走着，——说是呼吸新鲜的空气——走了几步，往往咳得伸不起腰来，有时，喀的一声，吐了一大块浓痰在地上。为了这，你也许再不敢到这园来。然而，一到了下午，这园里却仍是拥挤着人。谁也不曾想到天天清晨所演的那悲剧。

　　园后的大柏树林子，也够受糟蹋的。茶烟和瓜子壳，熏得碧绿的柏树叶子都有点儿显出枯黄色来，那林子的寿命，大约也不会很长久。

　　和中山公园的热闹相陪衬的是隔不几十步的太庙的冷落。不知为了什么，去太庙的人到底少。只有年轻的情人们，偶尔一对两对避人到此密谈。也间有不喜追逐在热闹之后的人，在这清静点儿的地方散步。这里的柏树林，因为被关闭了数百年之后，而新被开放之故，还很顽健似的，巢在树上的"灰鹤"也不曾搬家他去。

　　太庙所陈列的清代各帝的祭殿和寝宫，未见者将以为是如何的辉煌显赫，如何的富丽堂皇，其实，却不值一看。一色黄缎绣花的被褥衣垫，并没有什么足令人羡慕。每张供桌上所列的木雕的杯碗及烛盘等，还不如豪富人家的祖先堂的讲究。从前读一明人笔记，说，到明孝陵参观上供，见所供者不过冬瓜汤等等极淡薄贱价的菜。这里在皇帝还在宫中时，祭供时，想也不过如此。是帝王和平民，不仅在坟墓里同为枯骨，即所馨享的也不过如此如此而已。

你在第二天可以到北城去游览一趟，那一边值得看的东西很不少。后门左近有国子监，钟楼及鼓楼。钟鼓楼每县都有之，但这里，却显得异常的宏伟。国子监，为从前最高的学府，那里边，藏有石鼓——但现在这著名的石鼓却已南迁了。由后门向西走，有什刹海；相传《红楼梦》所描写的大观园就在什刹海附近。这海是平民的夏天的娱乐场。海北，有规模极大的冰窖一区。海的面积，全都是稻田和荷花荡。（北平人的养荷花是一业，和种水稻一样。）夏天，荷花盛开时，确很可观。倚在会贤堂的楼栏上，望着骤雨打在荷盖上，那喷人的荷香和沙沙的细碎的响声，在别处是闻不到、听不到的。如果在芦席棚搭的茶座上听着，虽显得更亲切些，却往往棚顶漏水，而水点落在芦席上，那声音也怪难听的，有喧宾夺主之感。最佳的是夏已过去，枯荷满海，什刹海的闹市已经收场，那时，如果再到会贤堂楼上，倚栏听雨，便的确不含糊的有"留得残荷听雨声"之妙。不过，北平秋天少雨，这境界颇不易逢。

什刹海的对面，便是北海的后门。由这里进北海，向东走，经过澄心斋、松坡图书馆、仿膳、五龙亭，一直到极乐世界，没有一个地方不好。唯惜五龙亭等处，夏天太闹。极乐世界已破坏得不堪，没有一尊佛像能保得不断腿折臂的。而北海之饶有古趣者，也只有这个地方。那个地方，游人是最少进去的。如果由后面向南走，你便可以走到北海董事会等处，那里也是开放的，有茶座，却极冷落。在五龙亭坐船，渡过海——冬天是坐了冰船滑过去——便是一个圆岛，四面皆水，以一桥和大门相通。

岛的中央，高耸着白塔。依山势的高下，随意布置着假山、庙宇、游廊、小室，那曲折的工程很足供我们作半日游。

如果，在晴天，倚在漪澜堂前的白石栏杆上，静观着一泓平静无波的湖水，受着太阳光，闪闪的反射着金光出来，湖面上偶然泛着几只游艇，飞过几只鹭鸶，惊起一串的嘎嘎的野鸭，都足够使你留恋个若干时候。但冬天，那是最坏的时候了，这场面上将辟为冰场，红男绿女们在那里奔走驰驶，叫闹不堪。你如果已失去了少年的心，你如果爱清静，爱独游，爱默想，这场面上你最好是不必出现。

出了北海的前门，向西走，便是金鳌玉蝀桥。这座白石的大桥，隔断了中南海和北海。北海的白日，如画的映在水面上，而中南海的万善殿的全景，也很清晰的可看到。中南海本亦为公园，今则又成了"禁地"。只有东部的一个小地方，所谓万善殿的，是开放着。这殿很小，游人也极冷落，房室却布置得很好。龙王堂的一长排，都是新塑的泥像，很庸俗可厌。但你要是一位细心的人，你便可在一个殿旁的小室里，发现了倚在墙角无人顾问的两尊木雕的菩萨像。那形态面貌，无一处不美，确是辽金时代的遗物；然一尊则双臂俱折，一尊则腔部只剩了半边。谁还注意到它们呢？报纸上却在鼓吹着龙王堂的神像的塑得有精神，为明代的遗物。却不知那是民国三四年间的新物！仍由中南海的后门走出，那斜对过便是北平图书馆，这绿琉璃瓦的新屋，建筑费在一百四十万以上，每年的购物费则不及此数之十二。旧书是并合了方家胡同京师图书馆及他处所藏的，新书则多以庚款购入。在中国可称是最大的图书馆。馆外的花园，邻于北海者，亦以白色栏杆围隔之；唯为廉价之水门汀所制成，非真正的白石也。

　　由北平图书馆再过金鳌玉蝀桥,向东走,则为故宫博物院。由神武门入院,处处觉得寥寂如古庙,一点儿生气都没有。想来,在还是"帝王家"的时代,虽聚居了几千宫女、太监们在内,而男旷女怨,也必是"戾气"冲天的。所藏古物,重要者都已南迁,游人们因之也寥落得多。

　　神武门的对门是景山。山上有五座亭,除当中最高的一亭外,多被破坏。东边的山脚,是崇祯自杀处。春天草绿时,远望景山,如铺了一层绿色的绣毡,异常的清嫩可爱。你如果站在最高处,向南望去,宫城全部,俱可收在眼底。而东交民巷使馆区的无线电台,东长安街的北京饭店,三条胡同的协和医院都固怪不调和而被你所注意。而其余的千家万户则全都隐藏在万绿丛中,看不见一瓦片、一屋顶,仿佛全城便是一片绿色的海。不到这里,你无论如何不会想象得到北平城内的树木是如何的繁密;大家小户,哪一家天井不有些绿色呢。你如站在北面望下时,则钟鼓楼及后门也全都耸然可见。

　　三大殿和古物陈列所总得耗费你一天的工夫。从西华门或从东华门入,均可。古物陈列所因为古物运走得太多,现在只开放武英殿,然仍有不少好东西。仅李公麟《击壤图》便足够消磨你半天。那人物,几乎没有一个没精神的,姿态各不相同,却不曾有一懈笔。

　　三大殿虽空无所有,却宏伟异常。在殿廊上,下望白石的"丹墀",不能不令你想到那过去充满了神秘气象的"朝廷"和叔孙通定下的"朝仪"如何能够维持着帝王的神秘的尊严性。你如果富于幻想,闭了眼,也许还可以入见那静穆而紧张的随班朝见的文武百官们的精灵的往来。这时有很舒适的茶座。坐在这里,望着一列一列的雕镂着云头的白石栏杆和雕刻得极细致的陛道,是那么样富丽而明朗的美。

　　你还得费一两天的工夫去游南城。出了前门，便是商业区和会馆区。从前，汉人是不许住在内城的，故这南城或外城，便成了很重要的繁盛区域。但现在是一天天地冷落了。却还有几个著名的名胜所在，足供你的流连、徘徊。西边有陶然亭，东边有夕照寺、拈花寺和万柳堂。从前都是文士们雅集之地。如今也都败坏不堪，成为工人们编麻索、织丝线之地。所谓万柳也都不存一株。只有陶然亭还齐整些。不过，你游过了内城的北海、太庙、中山公园，到了这些地方，除了感到"野趣"之外，他便全无所得的了。你或将为汉人们抱屈；在二十几年前，他们还都只能局促于此一隅。而内城的一切名胜之地，他们是全被摈斥在外的。别看清人诗集里所歌咏的是那么美好，他们是不得已而思其次的呢！

　　而现在，被摈斥于内城诸名胜之外的，还不依然是几十百万人吗？

　　南城的娱乐场所，以天桥为中心。这个地方倒是平民的聚集之所；一切民间的玩意儿，一切廉价的旧货物，这里都有。

　　先农坛和天坛也是极宏伟的建筑。天坛的工程尤为浩大而艰巨。全是圆形的；一层层的白石栏杆，白石阶级，无数的参天的大柏树，包围着一座圆形的祭天的圣坛。坛殿的建筑，是圆的，四围的阶级和栏杆也都是圆的。这和三大殿的方整，恰好成一最有趣的对照。在这里，在大树林下徘徊着，你也便将勾引起难堪的怀古的情绪的。

　　这些，都只是游览的经历。你如果要在北平多住些时候，你便要更深刻的领略到北平的生活了。那生活是舒适、缓慢、吟味、享受，却绝对的不紧张。你见过一串的骆驼走过吗？安稳、和平，一步步地随着一声声叮当叮当的大颈铃向前走；不匆忙，不停顿；那些大动物的眼里，表现得是那么和平而宽容，负重而忍辱的性情。这便是北平生活的象征。

　　和这些宏伟的建筑，舒适的生活相对照的，你不要忘记掉，还有地下的黑暗的生活呢。你如果有一个机会，走进一所"杂合院"里，你便可见到十几家老少男女紧挤在一小院落里住着的情形：孩子们在泥地上爬，妇女们是脸多菜色，终日含怒抱怨着，不时地，有咳嗽的声音从屋里透出。空气是恶劣极了；你如不是此中人，你便将不能作半日留。这些"杂合院"便是劳工、车夫们的居宅。有人说，北平生活舒服，第一件是房屋宽敞，院落深沉，多得阳光和空气。但那是中产以上的人物的话。百分之八九十以上的人口，是住着龌龊的"杂合院"里的，你得明白。

　　更有甚的，在北城和南城的僻巷里，听说，有好些人家，其生活的艰苦较住"杂合院"者为尤甚，常有一家数口合穿一条裤或一衣的。他们在地下挖了一个洞。有一人穿了衣裤出外了，家中裸体的几人便站在其中。洞里铺着稻草或破报纸，借以取暖。这是什么生活呢！

　　年年冬天，必定有许多无衣无食的人，冻死在道上。年年冬天，必定有好几个施粥厂开办起来。来就食的，都是些可怕的窘苦的人们。然也竟有因为无衣而不能到粥厂来就吃的！

　　"九渊之下，更有九渊。"北平的表面，虽是冷落破败下去，尚未减都市之繁华，而其里面，却想不到是那样的破烂、痛苦、黑暗。

　　终日徘徊于三海公园乃至天桥的，不是罪人是什么！而你，游览的过客，你见了这，将有动于衷，而快快的逃脱出这古城呢，还是想到"我不入地狱谁入地狱"一类的话呢？

长　安　行

住的地方，恰好在开"陕西省先进生产者代表会议"，碰到了不少位在各个生产战线上的先进工作者的代表们，各个红光满面，喜气洋洋，看得出是蕴蓄着无限的信心与决心，蕴蓄着无穷的克服任何困难的力量。社会主义的工业建设是一日千里地在进展着，眼看见的将是一个崭新的大西安城，一个空前的宏大的工业城市。灰色的破落的西安，将一去不复返。我想，明年今天再来时，将很难认识现在的街道形式了。许多久住在这个古城里的朋友们和我一同出城一趟，便说："变得多了。已经连道路也认不出来了。前几个月来时，哪里有那么多的建筑物！新房子叫人连方向也辨不清了。"的确，这是最年轻的工业城市，就建筑在一座中国最古老的文化城市的基础上。

说起长安，谁不联想到秦皇、汉武来，谁不联想起汉唐盛世来，谁不联想到司马相如和司马迁就在这里写出他们的不朽的大作品来，谁不联想到李白、杜甫、王维、韩愈、白居易、杜牧来，他们的许多伟大的诗篇就在这里吟成的。站在少陵原上的杜公祠远眺樊川，一水如带，绕着以浓绿浅绿的麦苗和红馥馥的正大放着的杏花，组成绝大的一幅锦绣的高高低低的大原野，那里就是韦曲、杜曲的所在，也就是一个大学的新址的所在。杜甫的家宅还有痕迹可找到吗？每一寸土，每一个清池的遗迹，都可以有它们诗般地美丽的故事给人传诵。相隔不太远的地方，就是蓝田县，就是辋川，也就是有名的诗人兼画家的王维所留恋久住的地方，就是有名的《辋川图》，和裴迪联吟的"诗中有画，画中有诗"的地方。从少陵原再过去，就是兴教寺的所在了。那是三藏法师玄奘的埋骨之地，一座高塔建筑在他的墓地上，旁有二塔，较小，那是他的大弟子圆测和窥基的墓塔；关于窥基曾流传过很美丽而凄恻的一段故事。这个地方的风景很好，远望终南山白云封绕，唐代的诗人们曾经产生出许多诗的想象来。

站在长安城的中心——钟楼的最高层上，向北看是大冢累累的高原。刘邦、吕雉的坟，以及他们的子孙的坟都在那里，晓雾初消的时候，构成了一幅像烽火台密布似的苍荒的奇景。向南向东望，是烟囱林立，扑扑突突地尽往天空上吐烟，仿佛蕴蓄着无限的热与力；就在那儿，十分重要的仰韶文化（新石器时代）遗址是相当完整地被保存着。再向东望，隐隐约约地可指出骊山的影子来；秦始皇帝就埋身其下。华清池依旧是最好的温泉之一。七月七夕，唐明皇和杨贵妃站在那里私誓"在天愿作比翼鸟，在地愿为连理枝"的长生殿也就在那里。向南望，双塔屹立，尖细若春笋的是小雁塔，壮崛而稳坐在那里似的是大雁塔。终南山在依稀仿佛之间。新建筑的密密层层的一幢幢的高楼大厦，密布在那里。向西望，那就是周文王、武王的奠立帝国的根据地，丰京和镐京遗址所在地。灵台和灵囿的残迹还可寻找呢。读着《诗经》，读着《孟子》，不禁神往于这些古老的地方了。就在这些最古老的地方，新的建筑物和工厂，纷纷地被布置在丰水的两岸。还可望到汉代的昆明池，大的石雕的牛郎、织女像还站在那里，隔着水遥遥相望呢。——当地称为石公、石婆，并各有庙。

没有一个城市比之今天的西安更为显著地糅合着"古"与"今"的了。

在没有一寸土没有历史的古老文化的基础上，建立起了新的社会主义工业和新的社会主义文化。新的长安城，毫无疑问地，将比汉、唐盛世的长安城，更加扩大，更加繁华。点缀在这个新的工业大城市里的是处处都可遇到的赫赫有名的名胜古迹和古墓葬、古文化遗址。从新石器时代的仰韶文化起，中国历史的整整大半部，是在这个大都城里演出的。它就是历史的本身，就是历史的具体例证。这些，将永远不会没灭。社会主义社会里的人民都知道将怎样保护自己的光荣的古老的文化和其遗存物。在林林总总的大工厂附近，在大的研究机构和学校的左右，有一处两处甚至许多处的古迹名胜或古墓葬或古代文化遗址，将相得益彰，而绝对不会显得有什么"不调和"。他们在休假日，将成群结队地去参观半坡村的仰韶遗址，那是四千多年以前的原始社会人民的居住区域。他们看到那些圆形的、方形的住宅，葬小孩子的瓮棺。他们看到那个时代的艺术家们，怎样在红色陶器的上面，画出活泼泼两条鱼在张开大嘴追逐着，画出几只鹿在飞奔着，画出一个圆圆的大脸，却在双耳之旁加画了两条小鱼，仿佛要钻进人的耳朵里去。他们看到那时候人民所用的钓鱼钩、鱼叉、渔网坠。他们会想象得到：在那个时候，半坡这地方是多水的，多鱼的——那时候的人从事农业生产，但似以捕鱼为副业。他们看到骨制的鱼钩，已经发明了"倒钩"，会惊诧于那时的人民的智慧的高超的。他们将远足旅行到汉武帝的茂陵去。在那里，会看见围绕着那个大土台，有多少赫赫的名臣、名将的墓。霍去病、卫青、霍光都埋葬在那里，还有李夫人的墓也紧挨着。在那里，还可以捡拾得到汉砖、汉瓦的残片。霍去病墓的石刻，正确地明白地代表了汉武帝那个伟大时代的伟大的艺术创作。现存着十一个石刻，除了两个鱼的雕刻——似是建筑的附属物——还在墓顶上外，其他九个石刻都已经盖了游廊，好好地保护起来。谁看了卧牛和卧马，特别是那一匹后腿卧地而前蹄挣扎着将起立的马，能不为其"力"与"威"震慑住呢！"马踏匈奴像"是那样的真实。一个胡人在马腹下挣扎着，手执着弓和箭，圆睁双眼，简直无用武之地，而那匹马却威武而沉着地、坚定勇猛地站着不动。那块"熊抱子"的石头，虽只是线刻，而不曾透雕，但也能把子母熊的感情表达出来。那两千多年前的中国雕刻家们的作品，是和希腊、罗马的雕刻不同的，是别具一种民族风格，是世界上最高超的艺术品之一部分。谁能为这些石刻写几部大书出来呢？有机会站在那里，带着崇高的欣赏之心，默默地端详着它们的人们，是幸福的！他们还将到华清池去，过个十分愉快的休沐日。他们还将到唐高宗的乾陵去，欣赏盛唐时代的石刻，一整列的石人、石马，一对鸵鸟、一对飞马，还有拱手而立的许多酋长、藩王的石像（可惜都缺了头），都值得看了又看，看个心满意足。长安城的内外，是有那么多的名胜古迹，足资流连，足以考古，足以证史的地方啊。一时是诉说不尽的。韦曲、杜曲、王曲以及曲江池、樊川等古人游乐之地，今天只要稍加疏浚，也就可以成为十分漂亮的人民公园。我想不久的将来，我们就会看到那个宏伟而美丽的大公园在长安城南出现的。"古"与"今"，古老的文化和社会主义的工业建设，结合得如此的巧妙，如此的吻合无间，正足以表现我们中国是一个很古老的国家，同时又是一个很年轻的国家。不仅西安市是如此，全国范围内的许多城市也都是同样地把"古"与"今"结合起来的，而西安市是一个特别突出的、值得特别提起的，一个典型的好例子。

春风满洛城

去年三月二十六日午夜，我从西安到了洛阳。这个城市也是很古老的，又是很年轻的。工厂林立在桃红柳绿的春天的田野里。还有更多的工厂在动土，在建筑。但古老的埋藏在地下的都市也都陆续地被翻掘出来。从周代的王城，汉代的东都，直到诗人白居易、历史学家司马光他们的遗迹，全都值得我们的向往和注意。这个古城的东郊，是白马寺的所在地，那是相传为汉明帝时代，白马驮经，从印度把佛教经典初次输入中国时建立起来的第一个佛教寺院。今天，山门的两座穹形门洞，其上嵌着不少块汉代的石刻（是取当地出土的汉代石刻而加以利用的，据说明朝人所为），其四围墙角，也多半使用汉砖、汉石砌成。可以说是世界上十分阔绰的一个寺院了。寺内古松苍翠，至少已有三五百年的寿命。大殿里的几尊古佛、菩萨的塑像，古雅美丽。当是元代或明初之物，甚至可能是辽、金的遗制。再往东走，乃是李密城，即金村遗址所在地，在那里曾出土了七十多块古空心墓砖，五十年前曾经震撼了一世耳目。那扑扑地向天惊飞的鸿雁，那且嗅且搜索地、威猛而稳慎地前进捕捉什么的猎狗，那执杖前行的老人，那手执竹简而趋的学者，那相遇而揖的两个行人，都将两千多年前的艺术家的现实主义的表现力，活泼泼地重现于我们的眼前。这全部墓砖，现在陈列于加拿大的博物院里。但我们是永远地不会忘记它们的。还有好些绝精绝美的战国时代的金银镶嵌（即金银错）的铜器，特别是那面人兽相搏的古铜镜，成为世界上任何博物院的骄傲。可惜，包括那面古镜在内，绝大多数都不在国内。

除了帝国主义者们长久地在洛阳掠夺出土古物之外，新中国成立后的几年之内，才开始做着科学的考古发掘工作。这是一个"无牛眠之地"的几千年的古墓葬、古遗址的累积地。单是一九五三年到一九五五年，就发现了六千多座墓葬，其中有一千七百三十八座已经加以发掘。古遗址也已发现了两处。所得的古文物，从仰韶时期的彩陶，龙山时期的黑陶，到汉代的大量遗物，成为临时博物馆，周公庙里的辉煌的陈列品，吸引了许多游人的注意与赞叹。

我走在大道上，春风吹拂着，太阳晒得很暖和，就看见工人们在使用"洛阳铲"钻探古墓。就在那大道上，发现了一个汉代的砖墓和一个较小的土墓，我都跳下去考察一番。在农民们打井挖渠的时候，也出现了不少古墓。在新开辟的金矿公路上，有一个大汉墓，中有壁画，还保存得不坏。我也去看过。在新鲜的春天的气息里，嗅得到古代的泥土的香味。但随地有古墓的事实却引起了从事建设工作的担心。有一个干部宿舍，把两个床陷落到地下的古墓中去了，幸未伤人。新建的水塔，倾斜得很厉害。压路机掉落到七米多深的大墓里去。有此种种经验教训，建设部门才知道非清理好地下的古墓葬，便不能在地上进行建设，因之，也便加强了和考古部门、文化部门的合作，因此，便处处出现了"洛阳铲"的钻探队。这是完全必要的。不清理好地下的，便不能建设好地上的。这道理已经是建设部门所"家喻户晓"的了。但有不相信这道理，一意孤行，鲁莽从事的，没有不出乱子。最深刻的教训，就是那些地方工业系统的"打包厂""砖瓦厂""纺纱厂"，等等。

在周公庙看到的好东西多极了，也精彩极了，往往是前所未见的。像一面出土于唐墓的嵌螺钿的平托镜，那镜背上的图画，精丽工致的程度，令人心动魄荡。可以说是一幅"夜宴图"。月在天空，树上有凤凰，有鹦鹉，树下有池，池上有一对鸳鸯，相逐而行。还有两位老者，席地而坐，一弹阮弦，一持杯欲饮，一双丫鬟侍立于后。这面古镜远比日本正仓院所藏的同类的唐代物为精美。

二十八日，到龙门去。这是值得在那里停留十月、八月，或一年、两年的时光，应该写出几本乃至几十本的专书来的一个伟大的古代艺术宝库。这里只能简单地说一下。龙门的佛像多被帝国主义者们盗去。但存在于各洞里的大小佛像，仍有两万尊以上。西山区以潜溪洞、新洞、宾阳三洞、双窑南北洞、万佛洞、老龙洞、莲花洞、破窟、奉先寺、药方洞及古阳洞为最著。宾阳洞被剜斫下去，盗运出国的两方著名的浮雕，即北魏时代的皇帝礼佛图和皇后礼佛图，斧凿的遗痕犹在，令人见之，悲愤不已！那些保存下来的石雕刻，表现了从北魏到唐代的各时期的雕刻家们最精心雕斫出来的伟大的精美的艺术品，成为中国美术史上最辉煌的若干篇页。我站在若干大佛像、小佛像的前面，细细地欣赏着，只感到时间太短促了。有人在搭木架，以石膏传摹若干代表作下来。但愿有一个时候，在北京和其他地方也能看到这些最好的中国雕刻的石膏复制的代表作品。

经过一座横跨于伊水上的草桥（这草桥到了水大时就被冲断，东西山的交通也就中断了），到了东山区。以擂鼓台、四方千佛洞为最著。十多尊的罗汉像，神情活泼极了，在国内许多泥塑木雕的罗汉像里，这里所有的，是最古老的，也是最庄严美妙的。东山区的石洞，中多空无所有，破坏最甚。有几个石灰窑，在万佛沟里烧石灰。幸及早予以制止，免于全毁。

东山的高处是香山寺，现已改为某干部疗养院。徒然破坏了这个重要的名胜古迹，而绝对解决不了疗养院的房屋问题。且山高招风，交通时断，实也不适宜于做疗养地。在山上走了一段路，到了诗人白居易的墓地。墓顶还有纸钱在飘扬。清明才过，白氏子孙住在山下者，刚来上过坟（听说他们年年都上山上坟）。黄澄澄的将落的夕阳，照在黄澄澄的墓土上，站在那里，不禁涌起了一缕凄楚的情思。二十九日，去访问东汉时代的太学遗址。这座太学，在其最盛时代，曾经有六万多学生在那里上学。到今天为止，恐怕世界上还没有比它规模更宏伟的一座大学。但这遗址，知道的人却不多。我们渡洛河，过枣园，沿途打听，将近两小时，才到达朱圪塔村。一路上时见地面有烟雾似的尘气上升，飞扫而过。有人说，这就是庄子所谓"野马也，尘埃也"的"野马"。一位李老者引导我们到遗址去。显著地可看出是一大片较高的地面。许多农民正在辛勤地打井。我问他们："有发现石经的碎片吗？"他们说："近半年来已大不出了。"他们人人都知道"石经"，发现有一两个字的碎块就可以卖钱。过去男男女女、老老少少，在农闲的时候就去挖地寻"经"。民国十八年（1929年）时，在黄氏墓地上出土过晋咸宁四年（278年）的"皇帝重临辟雍碑"。李老者领我们到这坟地上去看。他说，还有石经的碑座散在各村呢。我们在朱圪塔村见到一座，在大郊村见到三座。这些碑座底宽二尺三寸四，长三尺六寸，厚一尺九分。有中缝，深三寸，宽五寸又二分之一。此当是汉三体石经的碑座，应予以保护保管。"辟雍碑"也在大郊村，侧卧于地。我找了村长来，要他好好地保护这座碑，并建筑一座草屋于碑上。

下午，到倒塌掉的砖瓦厂去查勘。在这个砖瓦厂的范围里，周、汉、宋墓密布，一受大批的砖瓦的巨大重量的压力，即纷纷下陷，以至停工不用。大洞深陷的大周墓和弄塌的窑穴，互相交错着。见之触目惊心。这是"古"

与"今"同受其祸的盲目地动土的活生生的大榜样。

入邙山，登其峰，见处处白纸乱飞，皆是清明时节，子孙们来上坟的余迹，坟上套坟，不知有几许历代的名人杰士、美女才子，埋身于此。有大冢隆起于远处，有如一个大平台，乃是一座汉帝的陵墓。邙山西起潼关，东到郑州，南北阔达四十里，直到黄河边上。山上均是大大小小的古今墓葬。北邙山在洛阳之北，乃是百年来有名的出土陶俑和其他古器物的所在地。大部分精美的古代艺术品都已出国。发掘之惨，旷古未闻。新中国成立后，此风才泯绝。

洛阳市的建设规划，即如何在这个古老的城市里进行新的大规模的建设，不破坏或少破坏古墓葬和古代遗址，并如何好好地保护它们，使在崭新的林立的工厂当中，保存着特出的非保存不可的古墓葬和古代遗址的问题，正在研究讨论中。正像西安市相同，"新"和"老"，"古"和"今"，在洛阳市也一定会结合得十分好的。

龙门石窟，必须坚决地大力地加以保护。有三个大问题，必须尽快地予以解决。一、龙门煤厂，在西山区石窟附近开采，必须立即制止。绝对地要防护龙门石窟的安全和完整。这事，市委会已经注意到，并筹划到了。二、龙门石窟的洞前大车路，要予以改道。否则，各洞里常会有人在内住憩，很难防止其破坏或污损。这条改道的大车路，也已在计划中。又，河水常常要漫涨到这条大车路和下层的石洞里去，为害甚大。应该乘此修路的时机，于河边加筑石坝。三、各洞窟之间，应该开凿道路互相通联。山上并要建筑石墙，以堵住山洪、雨水地流下；奉先寺尤须急速修整，以防大佛像的继续风裂。这些，都需要有关部门共同加紧进行的。东、西山区仅靠草桥交通，也是很不方便的。已毁了的桥梁，应该早日修复。

秋　夜　吟

　　幸亏找到小石。这一年的夏天特别热，整个夏天我以面包和凉开水作为午餐；等太阳下去，才就从那蛰居小楼的蒸烤中溜出来，嘘一口气，兜着圈子，走冷僻的路到他家里，用我们的话，"吃一顿正式的饭"。

　　小石是一个顽皮的学生，在教室里发问最多，先生们一不小心，就要受窘。但这次在忧患中遇见，他却变得那么沉默寡言了。既不问我为什么不到内地去，也不问我在上海还有什么任务，当然不问我为什么不住在庙弄，绝对不问我如今住在什么地方。

　　我突然地找到他了，突然每晚到他家里吃饭了，然而这仿佛是平常不过的事，早已如此，一点儿不突然。料理饮食的也是小石一位朋友的老太太，我们共同享用着正正式式的刚煮好的饭，还有汤，—— 那位老太太在午间从不为自己弄汤菜，那是太奢侈了。—— 在那里，我有一种安全的感觉。直到有一次我在这"晚宴"上偶然缺席，第二天去时看到他们的脸上是怎样从焦虑中得到解放，才知道他们是如何理解我的不安。那位老太太手里提着铲刀，迎着我说："哎呀，郑先生，您下次不来吃饭最好打电话来关照一声啊，我们还当您怎么了呢。"

　　然而小石连这个也不说。

　　于是只好轮到我找一点儿话，在吃过晚饭之后，什么版画，元曲，变文，老庄哲学，都拿来乱谈一顿，自己听听很像是在上文学史之类，有点儿可笑。

于是我们就去遛马路。

有时同着二房东的胖女孩，有时拉着后楼的小姐 L，大家心里舒舒坦坦地出去"走风凉"，小石是喜欢魏晋风的，就名之谓"行散"。

遛着遛着也成为日课，一直到光脚踏屐的清脆叩声渐渐冷落下来，后门口乘风凉的人们都缩进屋里去了，我们行散的兴致依然不减。

秋天的黄昏比夏天的更好，暮霭像轻纱似的一层一层笼罩上来，迷迷糊糊的雾气被凉风吹散。夜了，反觉得亮了些，天蓝得清清净净，撑得高高的，嵌出晶莹皎洁的月亮，真是濯心涤神，非但忘却追捕、躲避、恐怖、愤怒，直要把思维上腾到国家世界以外去。

我们一边走着，一边谈性灵，谈人类的命运，争辩月之美是圆时还是缺时，是微云轻抹还是万里无垠。……

小石的住所朝南朝南再朝南，是徐家汇路，临着一条河，河南大都是空地和田，没有房子遮着，天空更畅得开。我们从打浦桥顺着河沿往下走往下走，把一道土堆算城墙，又一幢黑魆魆的房屋算童话里的堡垒，听听河水是不是在流。

走得微倦，便靠在河边一株横倒的树干上，大家都不说话。

可是一阵风吹过来，夹着河水污浊的气味，熏得我们站起来，这条河在白天原是不可向迩的。"夜只是遮盖，现实到底是现实，不能化腐朽为神奇！"小石叹了口气。

觉得有点儿凉，我随手取起了放在树干上的外衣，想穿。"嗄！"L 叫了起来："有毛毛虫。"外衣上附着两只毛虫呢。连忙抖拍下去，大家一阵忙，皮肤起着栗，好像有虫在爬。

"不要神经过敏了，听，叫哥哥在叫呢。"

"不，那是纺织娘。"

"哪里，那一定是铜管娘。"

"什么铜管娘，昆虫学里没有的名字"。

其实谁也没有研究过昆虫学。热心的争论起来了，把毛毛虫的不快就此抖掉。

"听，那边更多呢。""那边更多呢。"

一路倾听过去，忽然有一个孩子的声音叫：

"在这里了。"

那是一个穿了睡衣裤的小孩，手里执着小竹笼，一条辫子梢上还系着红线，一条辫子已经散了，大概是睡了听了叫哥哥叫得热闹又爬起来的。

"你不要动，等我捉。"铁丝网那边的丛莽中有一个男人在捉，看样子很是外行，拿了盒火柴，一根根划着。

秋虫的声音到处都是，可是去捉呢，又像在这里，又像在那里，孩子怕铁丝网刺他，又急着捉不到，直叫。

小石也钻进丛莽里去了。

一个骑自行车的人经过，也停下来，放好了车，取下了车上的电石灯，也加入去捉了。

这人可是个惯家，捉了一会儿。他说："不行，这样，你拿着灯，我们来捉。"原来的男人很听话的赶快把灯接过来，很合拍地照亮着。

果然，不一会儿，骑自行车的人就捉到了一只，大家钻出来，孩子喜欢得直跳。

骑自行车的人大大的手里夹着叫哥哥，因为感觉到大家欣赏他的成功而害羞，怯怯地说道："给谁呢？给谁呢？"

原来在捉的男人就推给小石说："先给他吧，他不会捉的。"孩子也说："给你吧，我们还好再捉。"

小石被这亲热的退让和赠予弄得不好意思起来，连忙走开去，说："哪里，哪里，我原不想要，我是帮你们捉的。"想想自己又不会捉，又改说，"我不过凑凑热闹。"

我们也说："小妹妹别客气了，把它放在笼子里吧，看跳掉了。"

那个孩子才欢欢喜喜感谢地要了，男人和骑自行车的人又钻进丛莽中去。

小石一边走，一边笑，一边咕噜："我又不是小孩子推给我做什么！"

L 说："人家当你比那个小孩还小啦。这又有什么可脸红的呢。"

于是小石就辩了："月亮光底下看得出脸红脸白吗。"

其实我们大家都饥饫这善良的温情而陶然了。

走得很远，回过头来，还看得见丛莽里一闪一闪亮着自行车的摩电灯。

永在的温情

——纪念鲁迅先生

十月十九日下午五点钟，我在一家编译所一位朋友的桌上，偶然拿起了一份刚送来的 Evening Post，被这样的一个标题："中国的高尔基今晨五时去世"惊骇得一跳。连忙读了下来，这惊骇变成了事实：果然是鲁迅先生去世了！

这消息像闪雷似的，当头打了下来，我呆坐在那里不言不动。

谁想得到这可怕的噩耗竟这样地突然地来呢？

鲁迅先生病得很久了；间歇地发着热，但热度并不甚高。一年以来，始终不曾好好地恢复过；但也从不曾好好地休息过。半年以来，情形尤显得不好。缠绵在病榻上总有三四个月。前一个月，听说他要到日本去。但茅盾告诉我，双十节那一天还遇见他在 l s i s 看 Dobrovsky；中国木刻画展览会，他也曾去参观。总以为他是渐渐的复原了，能够出来走走了。谁又想得到这可怕的噩耗竟这样突然地来呢？

刚在前几天，他还有信给我，说起一部书出版的事；还附带地说，想早日看见《十竹斋笺谱》的刻成。我还没有来得及写回信。

谁想得到这可怕的噩耗竟这样地突然地来呢？

我一夜不曾好好的安心地睡。

第二天赶到万国殡仪馆，站在他遗像的面前，久久的走不开。再一看，他的遗体正在像下，在鲜花的包围里，面貌还是那么清癯而带些严肃，但双眼却永远地闭上了。

我要哭出来，大声地哭，但我那时竟流不出眼泪，泪水为悲戚所灼干了。我站在那里，久久走不开。我竟不相信，他竟是那样突然地便离我们而远远地向不可知的所在而去了。

但他的友谊的温情却是永在的，永在我的心上——也永在他的一切友人的心上，我相信。

初和他见面时，总以为他是严肃的冷酷的。他的瘦削的脸上，轻易不见笑容。他的谈吐迟缓而有力，渐渐地谈下去，在那里面你便可以发现其可爱的真挚，热情的鼓励与亲切的友谊。他虽不笑，他的话却能引你笑。和他的兄弟启明先生一样，他是最可谈、最能谈的朋友，你可以在他客厅里，他那间书室（兼卧室）里，坐上半天，不觉得一点儿拘束、一点儿不舒服。什么话都谈。但他的话头却总是那么有力。他的见解往往总是那么正确。你有什么怀疑，不安，由于他的几句话也许便可以解决你的问题，鼓起你的勇气。

失去了这样的一位温情的朋友，就个人讲，将是怎样的一个损失呢？

他最勤于写作，也最鼓励人写作。他会不惮其烦地几天几夜地在替一位不认识的青年，或一位不深交的朋友，改削创作，校正译稿。其仔细和小心远过于一位私塾的教师。

他曾和我谈起一件事：有一位不相识的青年寄一篇稿子来请求他改。他仔仔细细地改了寄回去。那青年却写信来骂他一顿，说被改涂得太多了。第二次又寄一篇稿子来，他又替他改了寄回去。这一次的回信，却责备他改得太少。

"现在做事真难极了！"他慨叹地说道。对于人的不易对付和做事之难，他这几年来时时地深切地感到。

但他并不灰心，仍然在做着吃力不讨好的改削创作、校正译稿的事，挣扎着病躯，深夜里，仔仔细细地为不相识的青年或不深交的朋友在工作。

这样的温情的指导者和朋友，一旦失去了，将怎样地令人感到不可补赎之痛呢！

他所最恨的是那些专说风凉话而不肯切实地做事的人。会批评，但不工作；会讥嘲，但不动手；会傲慢自夸，但永远拿不出东西来。像那样的人物，他是不客气的要摈之门外，永不相往来的。所谓无诗的诗人，不写文章的文人，他都深诛痛恶地在责骂。

他常感到 "工作"的来不及做，特别是在最近一两年，凡做一件事，都总要快快地做。

"迟了恐怕要来不及了。"这句话他常在说。

那样清楚的心境，我们都是同样的深切地感到的。想不到他自己真的便是那么快的便逝去，还留下要做的许多事没有来得及做——但，后死者却要继续他的事业下去的！

我和他第一次的相见是在同爱罗先诃到北平去的时候。

他着了一件黑色的夹外套，戴着黑色呢帽，陪着爱罗先诃到女师大的大礼堂里去。我们匆匆地谈了几句话。因为自己不久便回到南边来，在北平竟不曾再见一次面。

后来，他自己说，他那件黑色的夹外套，到如今还有时着在身上。

我编《小说月报》的时候，曾不时地通信向他要些稿子。除了说起稿子的事，别的话也没有什么。

最早使我笼罩在他温热的友情之下的，是一次讨论到"三言"问题的信。

我在上海研究中国小说，完全像盲人骑瞎马，乱闯乱摸，一点儿凭借都没有，只是节省着日用，以浅浅的薪水购书，而即以所购入之零零落落的破书，作为研究的资源。那时候实在贫乏得、肤浅得可笑，偶尔得到一部原版的《隋唐演义》却以为是了不得的奇遇，至于"三言"之类的书，却是连梦魂里也不曾谈到。

他的《中国小说史略》的出版，减少了许多我在暗中摸索之苦。我有一次写信问他《警世恒言》《警世通言》及《喻世明言》的事，他的回信很快便来了，附来的是他抄录的一张《醒世恒言》的全目——这张目录我至今还保全在我的一部《中国小说史略》里。他说，《喻世》《警世》，他也没有见到。《醒世恒言》他只有半部。但有一位朋友那里藏有全书，所以他便借了来，抄下目录寄给我。

当时，我对于这个有力的帮助，说不出应该怎样的感激才好。这目录供给了我好几次的应用。

后来，我很想看看《西湖二集》（那部书在上海是永远不会见到的），又写信问他有没有。不料随了回信同时递到的却是一包厚厚的包裹。打开了看时，却是半部明末版的《西湖二集》，附有全图。我那时实在眼光小得可怜，几曾见过几部明版附插图的平话集？见了《西湖二集》为之狂喜！而他的信道，他现在不弄中国小说，这书留在手边无用，送了给我吧。这贵重的礼物，从一个只见一面的不深交的朋友那里来，这感动是至今跃跃在心头的。

我生平从没有意外的获得。我的所藏的书，一部部都是很辛苦的设法购得的；购书的钱，都是中夜灯下疾书的所得或减衣缩食的所余。一部部书都可看出我自己的夏日的汗，冬夜的凄栗，有红丝的睡眼，右手执笔处的指端的硬茧和酸痛的右臂。但只有这一集可宝贵的书，乃是我书库里唯一的友情的赠予。——只有这一部书！

现在这部《西湖二集》也还堆在我最珍爱的几十部明版书的中间，看了它便要泫然泪下。这可爱的直率的真挚的友情，这不意中的难得的帮助，如今是不能再有了！

但我心头的温情是永在的！——这温情也永在他的一切友人的心上，我相信。

…………

悼许地山先生

　　许地山先生在抗战中逝世于香港。我那时正在上海蛰居，竟不能说什么话哀悼他。——但心里是那么沉痛凄楚着。我没有一天忘记了这位风趣横溢的好友。他是我学生时代的好友之一，真挚而有益的友谊，继续了二十四五年，直到他的死为止。

　　人到中年便哀多而乐少。想起半生以来的许多友人们的遭遇与死亡，往往悲从中来，怅惘不已。有如雪夜山中，孤寺纸窗，卧听狂风大吼，身世之感，油然而生。而最不能忘的，是许地山先生和谢六逸先生，六逸先生也是在抗战中逝去的。记得二十多年前，我住在宝兴西里，他们俩都和我同住着，我那时还没有结婚，过着刻板似的编辑生活，六逸在教书，地山则新从北方来。每到傍晚，便相聚而谈，或外出喝酒。我那时心绪很恶劣，每每借酒浇愁，酒杯到手便干。常常买了一瓶葡萄酒来，去了瓶塞，一口气咕嘟嘟的全都灌下去。有一天，在外面小酒店里喝得大醉归来，他们俩好不容易把我扶上电车，扶进家门口。一到门口，我见有一张藤的躺椅放在小院子里，便不由自主地躺了下去，沉沉入睡。第二天醒来，却睡在床上。原来他们俩好不容易的又设法把我抬上楼，替我脱了衣服鞋子。我自己是一点儿知觉也没有了。一想起这两位挚友都已辞世，再见不到他们，再也听不到他们的语声，心里便凄楚欲绝。为什么"悲哀"这东西老跟着人跑呢？为什么跑到后来，竟越跟越紧呢？

地山在北平燕京大学念书。他家境不见得好。他的费用是由闽南某一个教会负担的。他曾经在南洋教过几年书。他在我们这一群未经世故人情磨炼的年轻人里，天然是一个老大哥。他对我们说了许多我们从来没有听到过的话。他有好些书，西文的、中文的，满满的排了两个书架。这是我所最为羡慕的。我那时还在省下车钱来买杂志的时代，书是一本也买不起的。我要看书，总是向人借。有一天傍晚，太阳光还晒在西墙，我到地山宿舍里去。在书架上翻出了一本日本翻版的《泰戈尔诗集》，读得很高兴。站在窗边，外面还亮着。窗外是一个水池，池里有些翠绿欲滴的水草，人工的流泉，在淙淙地响着。

"你喜欢泰戈尔的诗吗？"

我点点头，这名字我是第一次听到，他的诗，也是第一次读到。

他便和我谈起泰戈尔的生平和他的诗来。他说道："我正在译他的《吉檀迦利》呢。"随在抽屉里把他的译稿给我看。他是用古诗译的，很晦涩。

"你喜欢的还是《新月集》吧。"便在书架上拿下一本书来。"这便是《新月集》，"他道，"送给你；你可以选着几首来译。"

我喜悦地带了这本书回家。这是我译泰戈尔诗的开始。后来，我虽然把英文本的泰戈尔集，陆续地全都买了来，可是得书时的喜悦，却总没有那时候所感到的深切。

我到了上海，他介绍他的二哥敦谷给我。敦谷是在日本学画的。一位孤芳自赏的画家，与人落落寡合，所以，不很得意。我编《儿童世界》时，便请他为我做插图。第一年的《儿童世界》，所有的插图全出于他的手。后来，我不编这周刊了，他便也辞职不干。他受不住别的人的指挥什么的，他只是为了友情而工作着。

地山有五个兄弟，都是真实的君子人。他曾经告诉过我，他的父亲在台湾做官。在那里有很多的地产。当台湾被日本占去时，曾经宣告过，留在台湾的，仍可以保全财产，但离开了的，却要把财产全部没收。他父亲召集了五个兄弟们来，问他们谁愿意留在台湾，承受那些财产，但他们全都不愿意。他们一家便这样的舍弃了全部资产，回到了祖国。因此，他们变得很穷。兄弟们都不得不很早的各谋生计。

他父亲是丘逢甲的好友。一位仁人志士，在台湾"独立"时代，尽了很多的力量，写着不少慷慨激昂的诗。地山后来在北平印出了一本诗集。他有一次游台湾，带了几十本诗集去，预备送给他的好些父执，但在海关上，被日本人全部没收了。他们不允许这诗集流入台湾。

地山结婚得很早。生有一个女孩子后，他的夫人便亡故。她葬在静安寺的坟场里。地山常常一清早便出去，独自到了那坟地上，在她的坟前，默默地站着，不时地带着鲜花去。过了很久，他方才续弦，又生了几个儿女。

他在燕大毕业后，他们要叫他到美国去留学，但他却到了牛津。他学的是比较宗教学。在牛津毕业后，他便回到燕大教书。他写了不少关于宗教的著作；他写着一部《道教史》，可惜不曾全部完成。他编过一部《大藏经引得》。这些，都是扛鼎之作，别的人不肯费大力从事的。

茅盾和我编《小说月报》的时候，他写了好些小说，像《换巢鸾凤》之类，风格异常的别致。他又写了一本《无从投递的邮件》，那是真实的一部伟大的书，可惜知道的人不多。

最后，他到香港大学教书，在那里住了好几年，直到他死。他在港大，主持中文讲座，地位很高，是在"绅士"之列的。在法律上有什么中文解释上的争执，都要由他来下判断。他在这时期，帮助了很多朋友们。他提倡中文拉丁化运动，他写的好些论文，这些，都是他从前所不曾从事过的。他得到广大的青年们的拥护。他常常参加座谈会，常常出去讲演。他素来有心脏病，但病状并不显著，他自己也并不留意静养。

有一天，他开会后回家，觉得很疲倦，汗出得很多，体力支持不住，使移到山中休养着。便在午夜，病情太坏，没等到天亮，他便死了。正当祖国最需要他的时候，正当他为祖国努力奋斗的时候，病魔却夺了他去。这损失是属于国家民族的，这悲伤是属于全国国民们的。

他在香港，我个人也受过他不少帮助。我为国家买了很多的善本书，为了上海不安全，便寄到香港去；曾经和别的人商量过，他们都不肯负这责任，不肯收受，但和地山一通信，他却立刻答应了下来。所以三千多部的元明本书，抄校本书，都是寄到港大图书馆，由他收下的。这些书，是国家的无价之宝；虽然在日本人陷香港时曾被他们全部取走，而现在又在日本发现，全部要取回来，但那时如果仍放在上海，其命运恐怕要更劣于此。——也许要散失了，被抢得无影无踪了。这种勇敢负责的行为，保存民族文化的功绩，不仅我个人感激他而已！

他名赞堃，写小说的时候，常用落花生的笔名。"不见落花生吗？花不美丽，但结的实却用处很大，很有益。"当我问他取这笔名之意时，他答道。

他的一生都是有益于人的；见到他便是一种愉快。他胸中没有城府。他喜欢谈话，他的话都是很风趣的，很愉快的。老舍和他都是健谈的。他们俩曾经站在伦敦的街头，谈个三四个钟点，把别的约会都忘掉。我们聚谈的时候，也往往消磨掉整个黄昏、整个晚上而忘记了时间。

他喜欢做人家所不做的事。他收集了不少小古董，因为他没有多余的钱买珍贵的古物。他在北平时，常常到后门去搜集别人所不注意的东西。他有一尊元朝的木雕像，绝为隽秀，又有元代的壁画碎片几方，古朴有力。他曾经搜罗了不少"压胜钱"，预备做一部压胜钱谱，抗战后，不知这些宝物是否还保存无恙。他要研究中国服装史，这工作到今日还没有人做。为了要知道"纽扣"的起源，他细心地在查古画像，古雕刻和其他许多有关的资料。他买到了不少摊头上鲜有人过问的"喜神像"，还得到很多玻璃的画片。这些，都是与这工作有关的。可惜牵于他故，牵于财力、时力，这伟大的工作，竟不能完成。

我写中国版画史的时候，他很鼓励我。可惜这工作只做了一半，也困于财力而未能完工。我终要将这工作完成的。然而地山却永远见不到它的全部了！

他心境似乎一直很愉快，对人总是很高兴的样子。我没有见他疾言厉色过；即遇拂意的事，他似乎也没有生过气。然而当神圣的抗战一开始，他便挺身出来，献身给祖国，为抗战做着应该做的工作。

抗战使这位在研究室中静静的工作着的学者，变为一位勇猛的斗士。

他的死亡，使香港方面的抗战阵容失色了。他没有见到胜利而死，这不幸岂仅是他个人的而已！

他如果还健在，他一定会更勇猛的为和平建国、民主自由而工作着的。

失去了他，不仅是失去了一位真挚而有益的好友，而且是，失去了一位最坚贞、最有见地、最勇敢的同道的人。我的哀悼实在不仅是个人的友情的感伤！

哭　佩　弦

　　从抗战以来，接连的有好几位少年时候的朋友去世了。哭地山、哭六逸、哭济之，想不到如今又哭佩弦（朱自清，字佩弦）了。在朋友们中，佩弦的身体算是很结实的。矮矮的个子，方而微圆的脸，不怎么肥胖，但也绝不瘦。一眼望过去，便是结结实实的一位学者。说话的声音，徐缓而有力。不多说废话，从不开玩笑；纯然是忠厚而笃实的君子。写信也往往是寥寥的几句，意尽而止。但遇到讨论什么问题的时候，却滔滔不绝。他的文章，也是那么的不蔓不枝，恰到好处，增加不了一句，也删节不掉一句。

　　他做什么事都负责到底。他的《背影》，就可作为他自己的一个描写。他的家庭负担不轻，但他全力的负担着，不叹一句苦。他教了三十多年的书，在南方各地教，在北平教；在中学里教，在大学里教。他从来不肯马马虎虎地教过去。每上一堂课，在他是一件大事。尽管教得很熟的教材，但他在上课之前，还须仔细地预备着。一边走上课堂，一边还是十分的紧张。记得在清华大学的时候，有一次我在他办公室里坐着，见他紧张地在翻书。我问道：

　　"下一点钟有课吗？"

　　"有的，"他说道，"总得要看看。"

　　像这样负责的教员，恐怕是不多见的。他写文章时，也是以这样的态度来写。写得很慢，改了又改，决不肯草率地拿出去发表。我上半年为《文艺复兴》的"中国文学研究"号向他要稿子，他寄了一篇《好与巧》来；这是一篇结实而用力之作。但过了几天，他又来了一封快信，说，还要修改一下，要我把原稿寄回给他。我寄了回去。不久，修改的稿子来了，增加了不少有力的例证。他就是那么不肯马马虎虎地过下去的！

他的主张，向来是老成持重的。

将近二十年了，我们同在北平。有一天，在燕京大学南大的一位友人处晚餐。我们热烈辩论着"中国字"是不是艺术的问题。向来总是"书画"同称。我却反对这个传统的观念。大家提出了许多意见。有的说，艺术是有个性的；中国字有个性，所以是艺术。又有的说，中国字有组织，有变化，极富于美术的标准。我却极力地反对着他们的主张。我说，中国字有个性，难道别国的字就表现不出个性了吗？要说写得美，那么，梵文和蒙古文写得也是十分匀美的。这样的辩论，当然是不会有结果的。

临走的时候，有一位朋友还说，他要编一部《中国艺术史》，一定要把中国书法的一部分放进去。我说，如果把"书"也和"画"同样的并列在艺术史里，那么，这部艺术史一定不成其为艺术史的。

当时，有十二个人在座。九个人都反对我的意见，只有冯芝生和我意见全同。佩弦一声也不言语。我问道："佩弦，你的主张怎样呢？"

他郑重地说道："我算是半个赞成的吧。说起来，字的确是不应该成为美术。不过，中国的书法，也有它长久的传统的历史。所以，我只赞成一半。"

这场辩论，我至今还鲜明在眼前。但老成持重，一半和我同调的佩弦却已不在人间，不能再参加那么热烈的争论了。

这样的一位结结实实的人，怎么会刚过五十便去世了呢？——我说"结结实实"，这是我十多年前的印象。在抗战中，我们便没有见过。在抗战中，他从北平随了学校撤退到后方。他跟着学生徒步跑，跑到长沙，又跑到昆明。还照料着学校图书馆里搬出来的几千箱的书籍。这一次的长征，也许使他结结实实的身体开始受了伤。

在昆明联大的时候，他的生活很苦。他的夫人和孩子们都不能在身边，为了经济的拮据，只能让他们住在成都。听说，食米的恶劣，使他开始有了胃病。他是一位有名的衣履不周的教授之一。冬天，没有大衣，把马夫用的毡子裹在身上，就作为大衣；而在夜里，这一条毡子便又作为棉被用。

有人来说，佩弦瘦了，头上也有了白发。我没有想象到佩弦瘦到什么样子；我的印象中，他始终是一位结结实实的矮个子。

胜利以后，大家都复员了，应该可以见到。但他为了经济的关系，径从内地到北平去，并没有经过南方。我始终没有见到瘦了后的佩弦。

在北平，他还是过得很苦，他并没有松下一口气来。

暑假后，是他应该休假的一年。我们都盼望他能够到南边来游一趟。谁知道在假期里他便一瞑不视了呢？我永远不会再有机会见到瘦了后的佩弦了！

佩弦虽然在胜利三年后去世，其实他是为抗战而牺牲者之一。那么结结实实的身体，如果不经过抗战的这一个阶段的至窘极苦的生活，他怎么会瘦弱了下去而死了呢？他致死的病是胃溃疡，与肾脏炎。积年吃了多沙粒和稗子的配给米，是主要的原因。积年缺乏营养与过度的工作，使他一病便不起。尽管有许多人发了国难财、胜利财，乃至汉奸们也发了财而逍遥法外，许多瘦子都变成了肥头大脸的胖子，但像佩弦那样的文人、学者与教授，却只是天天地瘦下去，以至于病倒而死。就在胜利后，他们过的还是那么苦难的日子，与可悲愤的生活。

在这个悲愤苦难的时代，连老成持重的佩弦，也会是充满了悲愤的。在报纸上，见到有佩弦签名的有意义的宣言不少。他曾经对他的学生们说："给我以时间，我要慢慢地学"。他在走上一条新的路上来了。可惜的是，他正在走着，他的旧伤痕却使他倒了下去。

他花了整整的一年工夫，编成《闻一多全集》。他既担任着这一个工作，他便勤勤恳恳的专心一志的负责到底地做着。《闻一多全集》的能够出版，他的力量是最大的；他所费的时间也最多。我们读到他的《闻一多全集》的序，对于他的"不负死友"的精神，该怎样的感动。

地山刚刚走上一条新的路，便死了；如今佩弦又是这样。过了中年的人要蜕变是不容易的。而过了中年的人经过了这十多年的折磨之后，又是多么脆弱啊！佩弦的死，不仅是朋友们该失声痛哭，哭这位忠厚笃实的好友的损失，而且也是中国的一个重大的损失，损失了那么一位认真而诚恳的教师、学者与文人！